Romeo und Julia im Fehntjerland

Zum Titelbild:
Die Doppelkirche in Hatshausen-Ayenwolde steht genau auf der Grenze zwischen den Ortsteilen. Der Pastor steht also beim Predigen auf der Kanzel (in der Mitte unter dem Turm) mit einem Bein in Hatshausen und mit dem anderen in Ayenwolde. Das ist eine lutherische, bez. salomonische, Lösung.

Romeo und Julia im Fehntjerland

(Nach einer ostfriesischen Dorfchronik)

von

Erhard Brüchert

Theaternovellen III

edition lichtblick, Oldenburg
2022

für Astrid

Statt Vorwort:

„In diesen Corona-Zeiten

erschafft Brüchert aus seinen

populären, plattdeutschen Historienstücken

neue, hochdeutsche Theatergeschichten -

sozusagen im Kopf."

(Hans Begerow in der Nordwest-Zeitung März 2021)

1.

„Dat Iis is fast…", summte der Kleinknecht Heye Harms vor sich hin, als er an diesem wunderschönen Spätsommertag auf der grünen Wiese am Fehntjer Tief zwischen Timmel und Hatshausen entlang spazierte. Er war auf der Suche nach zwei jungen Rindern, die von ihrer Weide weggelaufen waren. Sein Bauer, der Bürgermeister Gerrit Jürgens aus Hatshausen, hatte ihn losgeschickt, weil Heye auf dem Hof mal wieder zu nichts zu gebrauchen war. Er galt als Hallodria und Spaßvogel und war vielleicht gerade deshalb auch recht beliebt im Dorf, wo er sich gerne mit seinen zerrissenen Kniehosen, dem offenen, gelben Hemd, dem knallroten Schal und der tiefblauen Schlappmütze herumtrieb. Für die Arbeit auf dem Hof vom Bürgermeister war ja auch hauptsächlich der Großknecht Lammert Bengen verantwortlich. Dieser galt als ein ordentlicher Mensch und zuverlässiger Arbeiter. Zum Glück für Heye war er aber auch gutmütig und stellte sich oft schützend vor seinen komischen, ungeschickten Freund, der ihn bewunderte.

Bauer Jürgens hatte also Heye auf die Weide an dem Tief losgeschickt, aber nun wurde der Kleinknecht doch am Hof gebraucht und Lammert lief hinter ihm her, um ihn zurückzuholen. Das war gar nicht so einfach, denn wenn Heye erst mal in der freien Natur und an seinem geliebten Fehntjer Tief war, dann hüllte er sich ein in seine Traumwelt. Er hatte sich dieses Mal sogar seine Schlittschuhe mitgenommen. Und diese baumelten an ihren Lederschnüren munter um seinen Hals. Er wollte damit nämlich weiter unten am

Tief eine steile Kante am Ufer ausprobieren, woran er nämlich im letzten Winter noch bei Schnee und Eis gescheitert war – als das Iis dort wirklich fest und hart auf dem Wasser gefroren war und er hier seine Eislaufkünste vor den Mädchen des Dorfes demonstrieren wollte.

Daran war heute natürlich nicht zu denken. Natürlich… weil es Sommer war – und heute… weil keine Wichter zu sehen waren. Dafür näherte sich Lammert. Dieser entdeckte Heye schon am Ufer des Tiefs an einer etwas abgeflachten Stelle der Uferkante. Dort war Heye damit beschäftigt, seine Schlittschuhe träumerisch über die ruhige, moorbraune Wasseroberfläche zu ziehen und dabei jetzt laut zu singen: „Dat Iis is fast! Dat Iis is fast!" Lammert erschrak. War sein Freund jetzt schon im Begriff, den Verstand zu verlieren? Dat Iis is fast…? Mitten im Sommer? Er rief von weitem: „Heye, was soll das! Geh´ nicht ins Wasser! Du kannst doch gar nicht schwimmen. Bist du denn bescheuert!?"

Heye drehte sich erschocken um und wäre fast an der rutschigen und steilen Böschung ins Wasser gefallen. Er rief: „Ich, bescheuert? Nee… ach du bist das Lammert! Ich dachte schon, der Bauer. Nee, ich bin nicht bescheuert. Nur meine Mutter sagt, ich war schon immer bescheuert. Wieso denn…?" „Du kannst doch nicht im Sommer singen: Dat Iis is fast. Und was machst du denn da unten am Wasser?", wunderte sich Lammert. Nun gab Heye sich beleidigt: Er probiere doch nur seine Schlittschuhe auf dem Wasser aus, und er reinige sie dabei… rechtzeitig, bevor der Winter käme. Und dann tanzte er unten am Wasser herum und sang weiter: „Mörgen geiht an 't Schöfeln! Mörgen geiht an 't Schöfeln!"

„Heye, du hast 'nen Tick! Hast du wenigstens die Kühe gefunden." Der Kleinknecht kratzte sich am Kopf... „Ach nee... noch nicht... aber vielleicht gleich...", und er band seine naß gewordenen Schlittschuhe wieder um seinen Hals und krabbelte zum oben wartenden Großknecht hinauf.

„Heye, Heye... mit dir kann ich mich ja gar nicht mehr im Dorf sehen lassen. Pass up, dor kamen Lü! Steck deine dösigen Sommer-Schöfels weg!"

In knapp hundert Meter Entfernung schlenderte ein junges Paar am Tief entlang und näherte sich. Lammert sagte: „Die kenne ich doch. Das ist doch... dat ist doch der neue, junge Mester in unserer Dorfschule. Und wer ist das Mädchen?" „Das Mädchen?...", fragte sich auch Heye und blickte angestrengt in die Richtung der Spaziergänger. „Das ist doch..., ja, die kenne ich auch! Das ist doch die reiche Hilke Bünting."

„Wat is dat denn...", sinnierte Lammert, „... der junge Lehrer und die reiche Bauerntochter? Komm, Heye, wir verstecken uns mal eben hier hinter den Büschen. Die müssen uns nicht sehen..., wegen deiner Schöfels am Hals..., und sowieso..."

***

Der junge Frerich und die junge Hilke, beide erst knapp über Zwanzig, sommerlich gekleidet und jung verliebt, schlenderten Hand in Hand am Fehntjer Tief entlang. Das hatten sie in den letzten zwei Wochen schon einige Male gemacht, wenn sie sicher sein konnten, dass sie unbeobachtet waren, besonders wenn die Erntezeit im vollen Gange war. Dann wurde Hilke oft gerade nicht als Helferin auf dem großen Hof ihres Vaters gebraucht – als einzige, etwas verwöhnte Tochter auf diesem reichen Marschenhof im Fehntjerland, das die Vorfahren in jahrhundertelanger Arbeit sowohl dem Moor als auch dem Meer abgerungen hatten. Denn noch bis vor wenigen Jahren am Ende dieses 18. Jahrhunderts war das jetzige Fehntjer Tief noch über die Ems, die Jümme und den Dollart mit der offenen Nordsee verbunden gewesen und damit bei winterlichen Sturmfluten oft bis nach Timmel und Bagband in das Auricher Land hinein überschwemmt worden. Und den jungen Mester Frerichs und eine kleine, aber gut ausgestattete Dorfschule konnten sich die beiden Nachbardörfer Hatshausen und Ayenwolde bis vor zehn Jahren auch noch gar nicht leisten. Jetzt aber waren sie alle hier stolz darauf – und der Mester entsprechend ein angesehener Mann, wenn auch natürlich längst nicht so reich wie Hilkes Vater Siebend Bünting. Frerich und Hilke waren trotz alledem - und wie das Leben eben so spielt - seit einigen Wochen schon ein heimliches Paar.

„Hilke, pass auf, hier am kleinen Deich des Tiefs sind manchmal noch Löcher, Tritt da nicht hinein!", mahnte Frerich und versuchte dabei erfolgreich, seinen Lehrerton vom Vormittag in einen zärtlichen Liebesklang umzuwandeln. Jedenfalls schmiegte sich Hilke gleich an seinen Arm und Schulter und meinte, sie wüsste ja, dass Frerich bei ihr wäre und Acht geben würde. In seiner Nähe fühle sie sich doch völlig sicher. Der junge Mester bedankte sich mit einem schnellen Kuss auf ihr schönes, blondes Haar.

„Kannst du eigentlich schwimmen, Frerich? Ich kann es noch nicht...", fragte sie. „Natürlich kann ich das. Ich bin doch in Petkum, auch am Tief, aufgewachsen. Soll ich dir das Schwimmen beibringen? Du... heute ist es doch heiß und wir sind hier ganz alleine. Da brauchen wir gar kein Badezeug...", lachte Frerich. „Ach nein... heute lieber noch nicht...", antwortete Hilke, hüpfte zum Wasser hinunter und prüfte scheinheilig die Wassertemperatur.

Der Mester seufzte: „Ach du, liebe Hilke, ich habe heute eigentlich auch wenig Zeit. Ich muss noch meinen Unterricht für die nächsten Tage in eurer kleinen Schule vorbereiten...", er zog Hilke auf die Uferkante und legte liebevoll einen Arm um sie. „Ich wollte dich aber heute Nachmittag hier am Tief eben noch mal sehen und fühlen..." Die hübsche Bauerntochter kuschelte sich an ihn: „Ach Frerich, ich finde es eigentlich ja schade, dass ich schon so alt bin und nicht mehr bei dir in die Schule gehen kann." Der Mester lachte: „Oh nee, oh nee! Das ist doch ein großes Glück für mich! Mein Engel!"

Dann schwiegen sie beide eine Weile und schauten über das im

Sonnenlicht leise glitzernde, braune Moorwasser. Schließlich wandten sie ihre Gesichter wieder einander zu, küssten sich und erinnerten sich gegenseitig daran, wie sie sich doch erst beim Dorffest kennengelernt hatten… dass sie Dutzende Male dabei miteinander getanzt hatten… dass Hilke von älteren und jüngeren Leuten aus Hatshausen und Ayenwolde nebenbei erfahren hatte, dass dieser Mester Frerich Edzards ein Glücksfall für die Schule im Dorf sei, dass die Kinder viel und gerne bei ihm lernten, dass er überhaupt, nicht nur ein guter Lehrer, sondern auch noch ein netter und ordentlicher Mensch sei. Sie habe sich alles genau gemerkt und dazu geschwiegen – besonders auch, als ihre Eltern von ihrem großen Hof in Ayenwolde dazu gekommen waren und bald darauf wieder zusammen mit ihrer Tochter gegangen wären. Viel zu früh!

Da konnte der junge Mester nicht an sich halten, küsste Hilke und schwärmte von seiner Vorstellung von einer neuen Schule mit einem modernen Unterricht, in dem nicht mehr nur hundert Kirchenlieder und der ganze lutherische Katechismus auswendig gelernt würde, sondern auch Verstand und Vernunft des Menschen zur Anwendung kämen. Auch darum mache er ja auch mit seinen Schülern gerne Ausflüge in die freie, blühende Natur hier am Tief oder sogar in das sommerliche Hochmoor hinein. Und die Schüler und Schülerinnen liebten das. Sie wollten von ihm auch viel erfahren von dem Wissen dieser Welt, das heute besonders in Frankreich gepflegt würde, weniger als im strengen Preußen, zu dem Ostfriesland jetzt ja auch gehöre. Ja, und in Frankreich gebe es heute sogar eine Erklärung der Menschenrechte. Was das denn sei, wollte Hilke wissen – und wozu denn überhaupt? Na, sagte da der Mester, „… damit wir selber entscheiden können, wann und wen wir heiraten wollen." Und er küsste Hilke zum dritten Male. Das wäre schön, sagte sie dann versonnen, aber „…bei uns im Dorf müssen wir wohl erst meine Eltern und dann auch noch Pastor Hagius und den Bürgermeister Jürgens einweihen. So ist es der Brauch. Gibt es in Frankreich denn keine Obrigkeit mehr?" „Doch, leider…", antwortete der Mester, „aber die Menschen haben auch Rechte – und viel mehr als wir hier!"

„Du, Frerich, leg´ dich nicht mit Pastor Hagius an. Er und der Bürgermeister sind die wichtigsten Leute in unserem Doppeldorf", mahnte Hilke. Ihr Freund und fast schon heimlicher Verlobter antwortete bekümmert, er habe das ja auch schon bemerkt – und Hagius wolle ja demnächst sogar die Schule visitieren, weil er wohl einem jungen Lehrer misstraue. Da müsse er wohl aufpassen…

Und dann schwiegen die Beiden wieder eine Weile. Aber es dauerte nicht lange, da wandten sie sich einander wieder zu. Hilke war traurig: „Ach, Frerich, warum müssen wir immer noch so heimlich tun… nur meiner Freundin Stina habe ich erzählt, dass ich dich fast jeden Tag hier am Tief treffe." „Ja, diese Heimlichtuerei ist ärgerlich…", antwortete Frerich. „Du, meine liebe Hilke, wie wäre es, wenn ich morgen schon bei deinen Eltern vorstellig werde?"

„Vorstellig…?"

„Ja, natürlich um deine Hand anzuhalten. Wie sich das noch immer bei uns gehört."

„Das willst du also, Frerich?"

„Ja, warum denn nicht – so ein schmuckes Mädchen wie dich krieg´ ich doch nie wieder in die Arme."

„Das sollst du auch nicht! Keine andere Wichter! Niemals!"

„Will ich ja auch gar nicht, süße Hilke. Hab´ ich doch nur so gesagt."

„Du sollst sowas gar nicht nur so sagen. Und du hast mich selber auch noch gar nicht gefragt."

„Hab´ ich nicht? Tatsächlich… wie kann man nur so vergesslich sein… Also, liebe Hilke Bünting! Hast du mich lieb, so wie ich dich – und willst du mich heiraten?"

Die Antwort kam prompt. Sie bestand nicht aus Worten oder Sätzen, sondern aus einem langen und dicken Kuss von Hilkes Lippen auf Frerichs Mund. Der junge Mester sprang auf, breitete seine Arme aus, fing an zu tanzen und sich am Ufer des Fehntjer Tiefs zu drehen. Hilke lachte und befürchtete, er wolle jetzt wie Jesus übers Wasser laufen oder so etwas Ähnliches im Liebesrausch versuchen. Sie traute Frerich alles zu. Plötzlich aber wurde sie abgelenkt – von einer heftigen Bewegung hinter einem Gebüsch, obwohl es doch so windstill war. Sie zog Frerich zu sich her und drängte ihn weg von dem Gebüsch in eine andere Richtung am Tief entlang. „Frerich! Da sind doch welche… hinter dem Strauch… da!"

Der Mester mochte sein Glück nicht stören lassen, folgte Hilke aber gehorsam mit den Worten: „Na und? Dann gehen wir hier noch ein Stückchen weiter… das kann uns doch niemand verbieten!"

***

Heye und Lammert krochen hinter ihrem Busch hervor, als das turtelnde Pärchen drei Minuten weit weg war. Lammert prustete los: „Das ist ja wohl ein Stück aus dem Tollhaus! Hast du das gesehen, Heye?" Dieser ergriff seine beiden Schöfels und imitierte damit einen Luftkampf: „Klaro, hab´ ich das gesehen. Unser Mester Edzards hat Hilke Bünting geküsst! Drei Mal! Die reiche Hilke Bünting aus Ayenwolde!" „Hab´ ich doch auch gesehen…", bestätigte Lammert schwer beeindruckt, „… und das mitten im Gesicht von Hilke, der Tochter auf der dicksten Plaats in Ayenwolde." Heye warf seinen gelben Schal energisch über die Schultern und rief: „Und jedes Mal hat er sie mitten auf ihren Mund geküsst. Und sie hat stillgehalten. Darf sowas ein Mester überhaupt?"

„Quatsch, Heye – genauso wenig wie du oder ich. Das muss ich doch gleich mal Enno Wiemken erzählen. Heye pfiff durch die Zähne und sagte „Aha!" Worauf Lammert, der nicht sicher war, ob Heye sich in Ayenwolde auskannte, erklärte: „Eben! Enno Wiemken hat doch längst ein Auge auf die größte Plaats in Ayenwolde geworfen und auf die einzige, schöne Tochter dort." „Du meinst, er will sie heiraten? Verstehe ich dich richtig, Lammert?" „Na klar! Was denn sonst!" „Aber Hilke küsst doch jetzt den jungen Mester. Hab´ ich selber gesehen, mindestens vier Mal!" „Und sie hat stillgehalten, Heye…" „Genau! Da stimmt doch irgendwas nicht, Lammert?" „Heye! Du bist gar nicht mehr so dumm wie du aussiehst: Das riecht mir nach einem Skandal… da müssen wir mal dran drehen…"

***

Und während Lammert und Heye – nachdem sie zufälligerweise auf ihrem Weg auch noch die vermissten zwei Kühe gefunden hatten – ihrem Tageswerk auf dem Bauernhof von Bürgermeister Gerrit Jürgens nachgingen und häufig miteinander tuschelten, entfernten sich auch Hilke und Frerich vom Fehntjer Tief - allerdings in eine andere Richtung. Und vorher, bevor sie sich in trauriger Stimmung trennten und sich wieder auf den übernächsten Tag verabredeten, sprachen sie noch einmal über ihre Liebe und darüber, wie ungerecht es doch sei, dass sie sich am Fehntjer Tief verstecken müssten. Und Hilke erinnerte bekümmert daran, dass ihre Eltern sie wohl schon dem Angeber Enno Wiemken versprochen hätten, „ohne mich zu fragen".

„Jaja, so ist das heute bei uns noch! Darum wünsche ich mir auch endlich eine französische Revolution herbei", brauste der Mester auf. Hilke umarmte ihren Freund und versicherte, ihre Gefühle gehörten weder Enno Wiemken noch der Französischen Revolution, sondern nur einem jungen, neuen Mester im Fehntjerland. Da wurde Frerich noch trotziger: „Sage mal deinem Vater, ich will gar nicht seinen Bauernhof, ich will nur seine Tochter!" „Ach, Frerich…" „Ich bleibe Mester, liebe Hilke, mit weniger Geld als ein Großbauer, aber mit mehr Freiheiten." „Mir ist das egal, welche Profession du hast, Frerich, ich will doch nur an deiner Seite leben." „Das sollst du auch, Hilke!" „Ja, Frerich…"

2.

Vor der Giebelfront der größten Plaats in Ayenwolde saßen nach Feierabend die beiden Besitzer Siebend und Alkea Bünting – die Eltern von Hilke – zusammen mit ihren Nachbarn, dem Bauernpaar Hinrich und Swantje Leemhuis. Sie schwatzten, tranken Tee und genossen die Abendsonne. Nach einer Weile sagte Mutter Alkea Bünting: „Wo bleibt Hilke heute bloß wieder, ist sie immer noch bei Stina?" Das verneinte Swantje Leemhuis, die Mutter von Stina. Räumte allerdings gleich ein, dass sie die beiden Freundinnen heute ja auch noch überhaupt nicht gesehen habe. Aber die Mädchen seien ja schon groß und gingen oft ihre eigenen Wege, wenn sie nicht auf den Höfen gebraucht würden.

In diesem Moment ging der junge Nachbar Enno Wiemken vor dem Hoftor mit seinem Hund eilig vorbei. Siebend Bünting fragte ihn, ob er denn Tochter Hilke irgendwo heute schon gesehen habe. Enno verneinte das und eilte weiter – laut zurückrufend, er hebe es eilig, weil doch in Hatshausen heute Abend noch eine wichtige

Dorfversammlung sei. Da sollten doch alle Bauern und Bürger von Hatshausen und Ayenwolde zusammenkommen. Es gehe mal wieder um die Kirchenfrage. Das interessierte nun weder die Büntings noch die Leemhuis allzu sehr und sie beschlossen, in der schönen Spätsommersonne sitzen zu bleiben und auf ihre Töchter Hilke und Stina zu warten.

Doch das dauerte noch. Zunächst erschient Stina – nicht alleine, sondern in ihrem Schlepptau brachte sie den Großknecht Lammert Bengen und dessen Freund Heye Harms mit. Auf die besorgte Frage von Alkea Bünting nach Hilke, antwortete Stina, sie habe nur gehört, dass Hilke heute Nachmittag zum Fehntjer Tief gehen wolle, um sich dort im Wasser ein bisschen abzukühlen. „Aber Hilke kann doch gar nicht schwimmen…", wunderte sich Mutter Alkea.

Lammert, hinter Stina stehend, meinte dazu, dass jeder am Tief schwimmen lernen könne, das sei gar nicht so schwer. Und Heye, der immer noch seine Schlittschuhe in den Händen hielt, krähte dazwischen: „Aber ich sage immer: das richtige Schöfeln als Langloper, das lernst du nie beim Schwimmen!"

Plötzlich erschien auch Hilke. Sie wirkte etwas erschöpft und atemlos. Mutter Alkea sprang auf: „Hilke, wo bist du denn den ganzen Tag?" Und Vater Siebend: „…doch nicht am Fehntjer Deep? Da hast du nix zu suchen, Tochter!" „Doch… hat sie…!", raunte Heye zu Lammert und warf seinen gelben Schal nach hinten. Lammert drückte ihm den Schal vors Gesicht: „Holl di still, Heye!"

Die Rede ging hin und her. Die Eltern versuchten rauszukriegen, was die Freundinnen Stina und Hilke denn den ganzen Tag gemacht hätten. Heye quatschte was von einem geheimnisvollen Schwimmen im Tief. Hilke verneinte energisch, dass sie im Wasser gewesen wäre. Was sie denn sonst dort suchte, wollte Vater Siebend wissen. Keine klare Antwort. Mutter Swantje Leemhuis hielt sich weitgehend im Hintergrund, aber schließlich platzte auch ihr der Kragen und sie wandte sich an Lammert, den sie wohl für einen seriösen Menschen hielt und fragte ihn, was er denn nun überhaupt gesehen oder gehört hätte. Der gab nun eine weitschweifige Zeugenaussage ab: „Na ja… was ich am Tief gesehen habe… das ist eigentlich ganz einfach… ich habe zwei Menschen dort gesehen… aber ins Wasser sind sie tatsächlich nicht gegangen… auch nicht zum Schwimmen… das stimmt schon, was Hilke da sagt." Und Heye unterstützte das mit seinen Schöfels: „Das stimmt! Keiner ist ans Wasser unten gegangen. Da war ja auch gar kein Eis drauf."

Siebend Bünting, zunehmend grimmig: „Zwei Menschen sagst du, Lammert? Und der eine Mensch war… Hilke?"

Heye, eifrig: „Jaja, das schien wohl so!"

Hinrich Leemhuis: „Und der andere Mensch? Stina?"

Siebend Bünting: „Heye, wer war der andere. Muss ich dir alles aus der Nase trecken?"

Heye, zögernd: „Naja, der andere Mensch war ein Mester… glaub ich wenigstens…"

Siebend entsetzt: „Ein Mester…? Welcher Mester?"

Hilke Bünting hielt das nicht mehr aus. „Was soll denn das hier – ist das ein Verhör? Vader? Moder? Wenn ihr das unbedingt genau wissen wollt: Ich bin heute Nachmittag mit dem neuen Mester Edzards aus Hatshusen am Fehntjer Tief spazieren gegangen. Er suchte dort Planzen und Blumen für seinen Unterricht und hat mir dabei viel erklärt. Und das ist ja wohl kein Verbrechen!" „Nein, Hilke, das ist es wahrhaftig nicht.", sprang Swantje Leemhuis ihr bei und betonte, dass Hilke ein fixes, großes Wicht sei, das alleine wohl wisse, was sie zu tun und zu lassen habe. Und Tochter Stina ergänzte, der neue Lehrer wäre ja sehr geachtet in beiden Dörfern. Und er wisse so viel über die Botanik und die Politik in aller Welt. Auch Vater Hinrich Leemhuis hatte schon gehört, dass Mester Edzards ein tüchtiger Kerl sei. Die Hatshusener wären froh, dass er in ihrer Schule angestellt sei.

Heye brachte es auf den Punkt: „Und ein guter Schwimm-Meister soll er ja auch sein. Jawohl! Das habe ich gehört. Aber… schöfeln, nein… so gut schöfeln wie ich, kann er nicht…"

Da platzte Vater Siebend Bünting der Kragen: „Ich will nicht, dass meine Tochter mit dem Mester aus Hatshusen was anfängt! Basta! Punktum! Hast du das verstanden, Hilke!"

Hinrich Leemhuis: „Lieber Nachbar,das ist doch alles nicht so schlimm, nur Kinderkram, wenn unsere Töchter mal Blumen am Tief suchen."

Swantje Leemhuis: „Lieber Siebend, da ist doch nix passiert… lass doch die jungen Leute…"

Siebend wütend: „Nee, ich lass die jungen Leute nicht! Moder! Sag´ du mal was dazu!"

Alkea zögerlich: Hilke, meine liebe Tochter! Du hast doch nicht…"

Hilke ärgerlich: „Nein, Moder, ich habe nicht!"

Alkea erleichtert: „Na, dann ist ja alles gut! Du musst immer den Unterschied kennen."

Hinrich Leemhuis fühlte sich allmählich bei diesem Familiengespräch unwohl. Er wechselte das Thema und sprach nun eindringlich von der großen Dorfversammlung, auf die Enno Wiemken vorhin geeilt war. Das wäre ja wohl äußerst wichtig. Es ginge um die immer noch großen Unterschiede der Meinungen zwischen den Nachbardörfern Hatshusen und Ayenwolde über die Kirchenfrage. In beiden Dörfern gab es ja alte, kleine und baufällige Kirchen. Und welche sollte denn nun renoviert werden? Das war nicht nur für die Dorfbewohner, sondern auch für die Hohe Kirchenkommission in Aurich eine schwierige Frage, die endlich entschieden werden musste. Denn beide Kirchen konnten nun einmal nicht erhalten werden. Das stand wohl schon fest. Lammert aus Hatshausen mischte sich ein und bestätigte, dass die Kommission aus Aurich sich schon angesagt hätte.

Und in diesem Moment kam auch Enno Wiemken zurück und erzählte aufgeregt, dass die Auricher Herren Justizrat Dr. Olearius und Amtmann Wülbers bereits im Nachbardorf eingetroffen wären und für den morgigen Tag zu einer großen Versammlung aufriefen. Die Ayenwoldmers müssten dort also auch erscheinen und ihre Argumente vortragen. Das brachte auch Siebend Bünting auf andere, wichtige Gedanken – nämlich, dass man in Ayenwolde jetzt nicht mehr in der Abendsonne rumsitzen dürfe, sondern sich um ihr eigenes Recht im Kirchenbau kümmern müsste, sonst würde man möglicherweise von den Hatshusenern übern Tisch gezogen! Enno Wiemken bestätigte, dass der Bürgermeister Jürgens der beiden Doppeldörfer ihn beauftragt habe, auch die Einwohner von Ayenwolde für den morgigen Tag einzuladen. Man könnte sich das Verhandeln mit der Auricher Obrigkeit ja auch aufteilen. Alle müssten kommen, auch alle Frauen und erwachsenen Kinder. Der gemeinsame Kirchenbau ginge eben jeden an.

Alkea Bünting fand das etwas überflüssig, das könnten doch die Männer alleine entscheiden. Aber Swantje Leemhuis war dafür: „Das ist besser so, Alkea, über unsere Kirche haben wir genau so viel zu sagen wie die Mannslü!" Und Heye klemmte seine Schlittschuhe unter die Achseln und ging mit Lammert zurück nach Hatshausen: „Wat mutt, dat mutt!"

***

Die Feierabendruhe, die ja schon vorher gestört war, war jetzt endgültig dahin. Alle brachen auf. Als Letzter ging Enno Wiemken und versuchte, Hilke noch zu sprechen. „Hilke… ich möchte dich noch fragen…" Sie drehte sich nicht um: „Ich hab´ jetzt keine Zeit!" Enno sagte: „Wollten wir nicht mal zu dem Dorffest in Neermoor? Übermorgen, nach der Versammlung in Hatshusen…" Stina hatte mitgehört: „Ach Enno, ich glaube nicht, dass wir nach Neermoor wollen.", sprach sie und nahm damit die Rolle von Hilkes Advokat ein. Aber da war Hilke auch schon mit ihrer Mutter enteilt.

Lammert hatte mitgehorcht. Er packte Enno Wiemken vertraulich am Arm und flüsterte: „Du, Enno, ich muss da eben noch was mit dir besprechen…"

3.

Auf dem Dorfplatz von Hatshausen hatten sich am nächsten Tag schon viele Bürger und Bürgerinnen aus Hatshausen und Ayenwolde versammelt. Sie bildeten sofort zwei großen Gruppen, jeweils nach ihren Dörfern. In der Mitte dazwischen hatte der Bürgermeister von Hatshausen Jürgens einen kräftigen, breiten Holztisch aufbauen lassen, an welchem die beiden Justizräte aus Aurich, Dr. Olearius und Amtmann Wülbers in Sesseln bereits Platz genommen hatten. Zwei Schreiber hockten auf Schemeln daneben und warteten - mit Papier, gespitzten Gänsefedern und viel Tinte - auf den Beginn ihrer Arbeit. Vor dem Tisch stehend hatten schon Jürgens und Pastor Hagius Stellung bezogen – bereit, die Interessen ihres Dorfes Hatshausen wahrzunehmen. Pastor Hagius hatte seinen langen, lutherischen Talar angezogen, mit dem er sonntäglich in der schon halb zerfallenen Kirche von Hatshausen predigte.

Pastor Hagius eröffnete die Versammlung: „Hochgelahrte Kommission! Ich begrüße Euch mit Freude in unserem Doppeldorf Hatshausen und Ayenwolde. Und mit Eurer Erlaubnis wollen wir die heutige Verhandlung mit einem lutherischen Choral beginnen." Er gab dem bereitstehenden Posaunenchor ein Zeichen, der Chorleiter hob seinen Taktstock und zehn Posaunisten und Trompeter führten ihre Instrumente an die Lippen.

Der Posaunenchor spielte „Großer Gott, wir loben dich" und einige Leute aus dem Zuschauerkreis sangen sogar mit. Olearius und Wülbers vertieften sich allerdings schon in ihre schriftlichen Unterlagen. Dann erteilte Hagius dem Bürgermeister Gerrit Jürgens aus Hatshausen das Wort. Dieser sprach, wobei er sich abwechselnd an die beiden Beamten aus Aurich und die übrige Dorfbewohner richtete:

„Hochverehrte Gäste! Liebe Leute! Ich, als Bürgermeister von Hatshusen, bin froh, dass wir heute Justizrat Dr. Olearius und Amtmann Wülbers aus Aurich in unserer Mitte haben. Ich weiß, dass Sie beide, meine Herren, Kopf und Verstand mitgebracht haben, um uns gleich einen guten, gerechten Vorschlag vorzulegen, welcher die schwierige Frage der Erneuerung und Verstärkung unserer beiden alten Kirchen in unserer Doppelgemeinde betrifft. Und damit übergebe ich das Wort an Herrn Justizrat Dr. Olearius."

Dieser blieb sitzen und sprach:

„Liebe Leute, hier in Hatshausen und in Ayenwolde! Lieber Herr Bürgermeister Jürgens und Herr Pastor Hagius! Ich danke Euch für die schöne Begrüßung mit dem ergreifenden Posaunenchor. Die Sache ist nicht einfach, glaubt es mir, liebe Leute aus Euren beiden so schönen Moordörfern! Und Eure gnädige Obrigkeit in Aurich hat es sich wahrhaftig auch nicht leicht gemacht. Ja, ich darf wohl sagen – und hier neben mir, mein Begleiter und geduldiger Helfer, Amtsmann Wülbers, wird es bestätigen können – noch nie haben wir in der Verwaltung in Aurich so lange über einer so verzwickten Sache gebrütet."

Plötzlich wurde der Gast aus Aurich von einem jungen Menschen unterbrochen, der aufsprang und mit seinem gelben Schal herumwedelte. Er rief: „Drei Mal Hoch auf unsere Verwaltung in Aurich! Hoch, Hoch, Hoch!" Es war natürlich unser bekannte Freund vom Fehntjer Tief, nämlich Heye Harms. Niemand folgte seinem überraschenden Ausruf. Im Gegenteil, sein Nachbar Lammert zog ihn schnell herunter auf die Holzbank, hielt ihn fest und zischte: „Still! Du Dösbaddel!"

Dr. Olearius reagierte amüsiert: „Der Mann hat ja ganz recht! Lasset ihn doch gewähren." Lammert murmelte etwas von „Pardon… euer

Gnaden!", der Justizrat winkte kurz und redete weiter: „Und nach langer Besinnung und sorgfältiger Beratung steht unser Beschluss jetzt fest. Er lautet: Es kann und darf nur noch eine gemeinsame Kirche in Hatshausen und Ayenwolde geben! Die zwei alten, morschen Kirchen, welche jetzt noch vorhanden sind, werden zu teuer und klein – und außerdem werden sie auch gar nicht mehr alle beide gebraucht."

Sofort erhob sich unter den Zuschauern Unruhe und Unwille. Einige sprangen auf; und Fäuste reckten sich. Rufe schwirrten durch die Luft: „Wat hett he seggt… blots noch een Kark… wat sall dat denn… un wecke Kark sall nu stahn blieben?" Frau Pastor Hagius machte sich energisch für die Existenz ihrer Kirche in Hatshausen stark, wo ihr Mann ja schon seit Jahren predigte. Wenn diese Kirche abgerissen würde, wäre das eine Gotteslästerung. Darin wurde sie auch von Frau Bürgermeister Amke Jürgens unterstützt. Olearius erhob wieder seine Stimme und betonte, dass zwei Kirchen in einem Doppeldorf eine zu große Belastung bedeuteten. Pastor Hagius müsse ja heute schon an jedem Sonntag nicht nur in Hatshausen, sondern auch noch in Ayenwolde predigen und den Weg dorthin und zurück per Fuß oder zu Pferde zurücklegen. Auch das sei für einen lutherischen Geistlichen unwürdig und zudem anstrengend. Das müsse ein Ende haben.

Nun sah Bürgermeister Jürgens seine Chance. Er fragte laut und konkret: „Eine einzige Kirche also nur noch! Nun gut – aber welche soll das denn nun sein? Welche muss abgerissen werden? Meine Herren Justizräte! Haben Sie dazu auch schon eine Entscheidung in Aurich gefällt?"

Dr. Olearius seufzte tief und sprach, leicht verärgert, natürlich hätten sie das gerecht erwogen und eine Lösung gefunden. Und dazu werde jetzt Amtsmann Wülbers eine Erklärung abgeben. Er setzte sich erschöpft. Soviel Widerwillen und Unverständnis hier im Fehntjerland hatte er eigentlich nicht erwartet.

Amtmann Wülbers, im Beamtenrang zwei Stufen unter dem Justizrat und damit dem Volke auch näher, stand auf und versuchte nun seinem Vorgesetzten Dr. Olearius in zwei Sprachen, auf Hoch und auf Platt, beizuspringen: „Lewe Lü! Ji mutten mi äben tohöörn. Also… eine Kirche muss nun einmal abgerissen werden, das steht so fest wie das Amen in der Predigt. Ik will nu äben verkloren, wecke Kark dat wesen mutt." Er wurde gleich von Enno Wiemken unterbrochen, der wohl schon ahnte, dass die kleinere Kirche in seinem Dorf Ayenwolde dran sein würde, weil sie auch noch die älteste war. Und durch das volkstümliche Platt von Wülbers ließ er sich zu einem frontalen Angriff hinreißen, den er bei Olearius wohl nicht gewagt hätte: „Ji Lü in Auerk! Ji willen uns hier de Steenen klauen un dormit doch blots de Slottwall in Auerk van de oolen Fürsten Cirksena utstaffeern!" Laute Zustimmung auf der Seite der Ayenwoldmers erhob sich. Aber einige Leute aus Hatshausen lachten darüber.

Wülbers war auch nicht auf den Mund gefallen. „Nee, nee – so eenfach is dat nich. Twee Karken in Jo lüttje beid Dörper is to düür. In keiner Gegend von Ostfriesland haben wir zwei Kirchen mit so wenigen Gläubigen. Dat will nu ok dat Karkenregiment in Berlin nicht mehr – un de Cirksenas gifft dat gor nich meer bi uns. Wir gehören doch seit 1744 zu Preußen. Dat hebben wi freewillig besloten, as de Cirksenas tja äben keen Kinner meer kriegen wullen.

Da ließ sich auf einmal der neue, junge Lehrer Edzards aus dem Hintergrund vernehmen: „Wir haben aber nicht die Preußen als Obrigkeit anerkannt, damit sie unsere Kirchen abreißen sollen!" Als sich alle Anwesenden nach ihm umwandten, stand er ruhig auf und fügte hinzu: „Jeder darf nach seiner Fasson selig werden – das hat der König Friedrich der Zweite von Preußen geschrieben. Un dat mutt nu ok för uns in Oostfreesland gellen!"

„Ein Hoch auf den König von Preußen!", schrie Heye dazwischen, bevor Lammert ihm wiederum den Mund zuhielt.

Amtmann Wülbers ließ sich nicht aus der Fasson bringen: „Nee, nee, so eenfach ist dat weer nicht. König Friedrich will nu bold sülben mol na Oostfreesland kamen. Und seine Beamten haben uns in Aurich schon ermahnt, dass der König keine Verschwendung und Prasserei dulden wird. Un twee Karken för Jo twee lüttje Dörper sünd nu mal Prasseree un Övermoot."

Während sich die Bürger der beiden Dörfer mit den Auricher Herren darüber stritten, warum denn nur noch eine Kirche im Dorf bleiben dürfe, hatte sich der Bürgermeister von Hatshausen Jürgens bisher ruhig, ja, nachdenklich verhalten. Er tuschelte mehrfach mit seiner Frau Amke – und schließlich trat er nach vorne und sprach: „Na gut, wir müssen alle sparen. Nicht nur der König von Preußen und seine Beamten in Aurich. Aber wir sollten doch nicht am verkehrten Ende anfangen. Und das verkehrte Ende in unserer Kirchenfrage ist ja wohl die größere und noch am besten erhaltene Kirche bei uns in Hatshausen mit unserem lieben Pastor Hagius. Ich sehe bei uns noch gute, feste Steine, dagegen in Ayenwolde viele alte, zerbrochene. Das Kirchendach in Ayenwolde ist schon durchlöchert, der Regen pladdert munter auf Altar, Kanzel und Fußboden. Das ist doch kein würdiger Zustand, weder für den König von Preußen, noch für uns. Also gibt das für mich nur einen guten Lösungsvorschlag…"

Siebend Bünting sprang auf: „Warum ist das denn so, Jürgens? Unsere Kirche in Ayenwolde wurde jahrelang von der Obrigkeit links liegen gelassen! Nix ist repariert worden. Nix und wieder nix!"

Enno Wiemken sprang ihm zur Seite: „Pastor Hagius hat auch viel öfter in der Kirche in Hatshusen gepredigt. Bei uns in Ayenwolde war er weder zu Weihnachten noch zu Ostern! Nur immer mal zu Himmelfahrt, also nur im Mai… wenn die Sonne schien."

Pastor Hagius: „Lewe Gemeende! Dat is doch Lögeree!"

Frau Pastor Hagius: „Mien Mann is een heel gerechten Paster. Jawoll! Ik weet dat!"

Dr. Olearius griff ein, brach den aufbrechenden Tumult ab und forderte Jürgens auf, endlich seinen versprochenen Lösungsvorschlag zu machen, den er schon erahnte. Bürgermeister Jürgens aus Hatshausen stellte sich also noch einmal in Positur und sprach:

„So is dat, as ik dat äben al beproot hebb. Un dorüm meen ik,… dass die baufällige, kleine Kirche in Ayenwolde ruhig abgebrochen werden kann… wenn es schon sein muss und nicht mehr Geld vorhanden ist…, und dass die größere Kirche in Hatshausen renoviert werden muss und dann meinetwegen für beide Dörfer gilt.

Olearius nickte und blickte seinen Amtmann an. Der nickte ebenfalls eifrig und wies sofort die beiden Schreiber, die schon alles bisher mitgeschrieben hatten, genau an, den Wortlaut der Entscheidung des Herrn Bürgermeister Jürgens zu dokumentieren.

Nach einer nur sehr kurzen Schrecksekunde brach im Lager der Bauern und Bürger aus Ayenwolde eine große Unruhe aus.

Hinrich Leemhuis: „Dat willen wi obers nich! Wat de Börgmester dor proot!"

Swantje Leemhuis: „Dat is doch Bedreegeree!"

Enno Wiemken: „Wenn dat so is… ik spendeer geern dat Geld för een neeje Dack up de Kark bi uns in Ayenwolde!"

Siebend Bünting: „Hebben Ji in Hatshusen nich nett äben een neeje Mester in de School kreegen? Wor is he denn? Oh… dor! Dor steiht he un steckt sien Hannen in de Büxentaasch un lacht uns in Ayenwolde ut! Un nu sallen Ji ok noch een neeje Kark kriegen?! Dat is ungerecht! Ji… ji Nimmersatten!"

Der angesprochene Mester Frerich Edzards, der gerade im Hintergrund versuchte, ein bisschen näher an die Gruppe der Ayenwoldmer heran zu kommen – weil er dort Hilke Bünting entdeckt hatte – trat zum Tisch nach vorne vor und sagte: „So is dat obers nich, Buer Bünting ut Ayenwolde! Ich bin als Mester für beide Dörfer angestellt worden und werde demnächst auch noch mehr in Ayenwolde unterrichten. Mit der Kirchenfrage hat die Schule ja auch nichts zu tun. Ich fühle mich als Lehrer für alle Kinder verantwortlich, in Hatshusen und in Ayenwolde."

Von der Seite kam das meckernde Lachen von Kleinknecht Heye Harms: „Jojo, un heel besünners geern mit de Wichters ut Ayenwolde!" Bürgermeister Jürgens stutzte nur kurz: „Wer sagt denn so was… ach so, Heye Harms… naja, von dem hab´ ich auch nix

anderes erwartet." Aber die Bäuerin Swantje Leemhuis aus Ayenwolde drohte dem vorlauten Heye mit der Faust und rief, sie lasse
auf Mester Edzards nichts kommen. Der sei bei allen Kindern sehr
beliebt – Jungen und Mädchen, und er behandle alle gerecht. Und
Jürgens fügte noch hinzu, auch er habe noch nichts Schlechtes
über den Lehrer gehört. Daraufhin verzichtete Frerich Edzards auf
eine öffentliche Erwiderung, obwohl ihm alle einen Moment lang an-
starrten. Er gab es aber auch auf, sich noch weiter in die Nähe von
Hilke zu drängen.

Der Streit um die schlechteste, beziehungsweis die bessere Kirche – im baulichen Sinne ob in Hatshusen oder Ayenwolde - wogte
noch eine Weile hin und her. Keines der beiden dörflichen Lager
wollte nachgeben. Eine Idee kam sogar noch auf, man solle sich
doch aus den noch festen Klostersteinen der Klosterruine von Ihlow
bedienen, die ganz in der Nähe lag und seit der Reformation von
den Katholiken aufgegeben worden war. Damit könne man doch
vielleicht beide Kirchen retten – und das dann fast umsonst. Aber
Olearius bezweifelte, ob die strengen und korrekten Preußen in
Berlin so etwas genehmigen würden. Und Wülbers erinnerte daran,
dass das mittelalterliche Zisterzienserkloster Ihlow noch immer zum
Vermögen der kleinen, katholischen Kirche in Ostfriesland gehöre.
Also dürften nicht die lutherischen Preußen und noch weniger die
Ostfriesen darüber verfügen. Man müsse wohl erst noch im Vatikan
in Rom anfragen. Das würde Zeit kosten. Frauke Hagius meinte,

der Vatikan kenne Ostfriesland doch überhaupt nicht. Der Papst würde wahrscheinlich Friesland am Englischen Kanal suchen. Und ihr Mann, der Pastor, rief: „Die Katholiken haben bei uns doch gar nichts mehr zu sagen. Aber wir sind hier stark. Martin Luther sagt: „Ein feste Burg ist unser Gott!" Also wollen wir auch unsere Kirchen stark aufbauen. Und wer uns daran hindert, der muss damit rechnen…"

Jetzt fühlte sich die Ayenwoldmer wieder angefasst. Und Enno Wiemken verkündete: „Ich will euch Leute aus Hatshausen noch mal daran erinnern, dass wir auch gute Lutheraner sind und dass eure Kirche auch nicht mehr in dem allerbesten Zustand ist." Die Reaktionen aus dem Lager der Hatshusener ließ nicht lange auf sich warten: „Was soll das… Frechheit…unsere Kirche ist heil… kein Loch im Dach… ihr wollt bloß ablenken!"

Bevor jetzt ein neuer Tumult aufflammte, richtete sich Dr. Olearius zur vollen Größe auf und rief energisch: „Wir müssen jetzt endlich zum Ende kommen! Wülbers und ich haben alle Eure Vorschläge gehört und aufgeschrieben. Wir werden sie in Aurich in der Behörde für kirchliche Angelegenheiten in Ostfriesland vorlegen und auch nach Berlin berichten. Und dann wird bald ein fester Beschluss gefasst werden. Es steht also schon fest, dass eine von Euren beiden Kirchen abgerissen werden muss. Wir wissen jetzt aber, dass Ihr Euch selber noch nicht einigen könnt. Eure weise Obrigkeit wird Euch das abnehmen. Geht jetzt ruhig nach Hause und bedenkt alles noch einmal. Wir bedanken uns bei Euch für diese Beratung. Ihr werdet von uns hören!"

Die Dorfversammlung löste sich schnell auf, die Gespräche hörten aber noch längst nicht auf. Nur von ferne kreuzten sich die Blicke von Hilke und Frerich. Es gab in dem Gewühle für beide keine Möglichkeit mehr, sich einander zu nähern.

***

Beide wussten auch gar nicht, dass sie schon während der ganzen Zeit von den vier Augen der zwei älteren – aber sehr reichen und kinderlosen – Frauen Taalke Helms und Alberdine Tuin verfolgt worden waren. Alberdine hatte beobachtet, wie der Mester sich immer näher in die Richtung von Hilke Bünting auf der anderen Seite der Dorffront bewegte. Die zwei schick gekleideten Damen waren eng befreundet und hatten sich beide jegliches Interesse an männlicher Begleitung oder Annäherung abgewöhnt. Der tyrannische Mann von Taalke – ein vermögender Wald- und Grundbesitzer - war schon längst verstorben; und sie selber hatte darüber nie groß getrauert. Und Alberdine hatte bis zum Alter von Fünfzig keinen hübschen Kerl mehr abgekriegt, der sie und ihre beträchtlichen Pachteinnahmen aus Ländereien heiraten wollte – und danach, also jenseits der Fünfzig, war ihre Abneigung und Verachtung gegen die Männerwelt nur noch größer geworden. Nun waren beide Damen auch schon hoch in den Sechzigern.

„Kiek, Alberdine, dor sluurt de Mester Edzards laangs… warum

34

geht er denn so langsam davon?" Hinter vorgehaltener Hand flüsterte Taalke: „Is doch klor… de wacht noch up well." Und sie fragte Freundin Alberdine, ob sie denn auch verstanden habe, was
der dumme Heye Harms mit seinem Ausruf vorhin gemeint habe.
Natürlich, antwortete Alberdine, die Sache mit den Wichtern aus
Ayenwolde weiß ich schon lange. Aber sie wisse nun noch etwas,
was Taalke vielleicht noch nicht wisse. Nämlich… dass der beliebte,
junge Lehrer aus Hatshausen doch schon längst etwas mit der hübschen Hilke Bünting aus Ayenwolde angefangen habe. „Was, nein,
…das weiß ich ja noch gar nicht… mit Hilke Bünting, der Erbtochter
von der dicken Bünting-Plaats?", staunte Taalke. „Genau mit der",
bestätigte Alberdine ihren Wissensvorsprung. Sie habe das von
Lammert Bengen, dem Großknecht bei Jürgens erfahren – natürlich
nur unter dem Mantel der tiefsten Verschwiegenheit. Aber darauf
könne sie ja wohl bei ihrer besten Freundin vertrauen, nicht wahr?

Taalke war von den Socken: „Ja, da hast du Recht… das ist aber
interessant… de junge Mester ut Hatshusen… mit de riekste Buern-
dochter ut Ayenwolde… geiht dat goot?" „Dat geiht doch nich goot!
Sowat is noch nie nich goot gahn!", stellte Alberdine mehr oder weniger historisch fest.

Die beiden Damen ruhten sich noch eine Weile auf einer Bank auf
dem leeren Marktplatz aus – alle Menschen hatten sich inzwischen
verlaufen. Taalke rieb sich empört die Hände… oh nein, das dürfe
doch nicht geduldet werden! Das sei ja unerhört! Die Leute aus
Ayenwolde würden immer unverschämter, jetzt vergriffen sie sich

auch noch an dem schicken Mester aus Hatshausen! Könne man das noch verhindern? „Wie bitte… verhindern…?", Alberdine sah Taalke mit großen Augen nach und dachte tief nach. Nach einer Weile sprach sie:

„Weißt du was, meine liebe Taalke, wir wohnen doch beide gerne und gut in Hatshausen. Und da müssen wir jetzt unbedingt zwei Übel in Zukunft verhindern. Erstens, dass unsere schöne Kirche abgerissen wird. Und zweitens, dass eine reiche Bauerntochter aus Ayenwolde unseren jungen, netten, allseits beliebten Mester wegschnappt. Sonst wird die Situation in Hatshausen doch unerträglich." Taalke stimmte zu, auch in Bezug auf die Reihenfolge von erstens, dem Kirchenbau, und zweitens, der Unsittlichkeit. Und sie gab auch schon zu, dass sie während der Versammlung mit den Auricher Herren intensiv darüber nachgedacht hätte, vor allem betreffend der leidigen Finanzierung von Punkt Eins. Und sie habe auch schon eine praktikable Lösung im Kopf. Sie und Alberdine, sie hätten doch beide genügend Geld und keine anständigen, ordentlichen Erben mehr; und darum… Alberdine verstand sofort: „… und darum könnten wir doch einen kleinen Teil unseres großen Erbes für den Hatshausener Kirchen-Neubau zur Verfügung stellen."

Taalke war von den logischen Gedankengängen ihrer Freundin begeistert: „Jo, leev Alberdine… ik un du, ik meen, wi beid finnen nu tja doch keen Keerl meer… obers, up de anner Siet is dat tja ok gor nich so slecht, wenn uns Daalers tominsten in Hatshusen anleggt warrn – villicht kriegen wi denn in de Kark ok ′n lüttjen extra Graffstä."

„Man, vörher… ik meen…", sinnierte jetzt Alberdine und zögerte noch, „… de Saak mit ´n Keerl… dat weer tja ok nich soooo slecht!" „Sluss dormit, dat is nu sowieso to laat!", entschied Taalke.

Da kam schon die Kutsche der Justizräte vorgefahren und hielt vor der Herberge, in der Dr. Olearius und Wülbers noch ein Abendessen eingenommen hatten. Der Kutscher ging dort hinein und kam nach kurzer Zeit mit den Herren heraus. „Das ist doch jetzt eine günstige Gelegenheit. Hier erwischen wir die Auricher noch mal alleine", überlegte Taalke. Und die beiden würdigen Damen eilten hinüber zu der Kutsche und sprachen die Auricher Beamten noch kurz vor dem Einsteigen und direkt an.

„Hochgelahrte Kommission!" – „Gönnen Sie uns noch ein Wort, bevor Ihr vielbeschäftigen Herren in die Residenzstadt zurückeilen müsst!" „Wir sind zwei – nun ja – durchaus vermögende Damen hier aus Hatshausen." „Witwe Helms" – „Und Jungfer Tuin".

„Angenehm… Witwe Helms und Jungfer Tuin…" entgegnete Dr. Olearius und tätschelte die schwarzen, friesischen Rappen vor der Kutsche. „Was ist Euer Begehr?" Amtmann Wülbers stand auf der anderen Seite der Pferde und flüsterte zu Olearius hinüber, dass dieses wohl die zwei reichsten und alleinstehendsten Frauen des Dorfes wären. Er kenne sie flüchtig.

„Bitte, meine Damen, ich höre – aber wir haben leider nicht mehr viel Zeit. Der Kutscher holt noch Wasser für die Pferde. Dann müssen wir fort.", Olearius versuchte, höflich und sachlich zu bleiben.

„Nun ja…", Taalke begann zögenlich, „… es geht um das leidige Geld für unseren Kirchenneubau. Meine Freundin und ich, wir beide meinen eben – aber das sollte wohl unter uns bleiben…" und sie sah sich um und senkte ihre Stimme, „… wir meinen, dass wir ein gut Teil unseres ererbten Geldes abgeben könnten und würden, wenn wir aber sicher dabei wären, dass die Kirche hier in Hatshausen im Dorf bestehen bleiben würde…" „… und nicht die baufällige drüben in Ayenwolde!", fügte Alberdine zur Klarstellung dazu und nickte heftig.

Dr. Olearius riss die Augen weit auf, während Amtmann Wülbers sich beherrschte, um nicht gleich durch die Zähne zu pfeifen. Dann sagte er auf Platt: „Ji meenen also, gnädige Daams, dat Ji uns hier ´n düchtigen Pack Daalers överlaten willen? Is doch so" „So is dat! Hoge Heeren! För Jo grote Möh mit all de dösige Lü hier in Ayenwolde!", bekräftigte Taalke und machte Nägel mit Köpfen: „Ji sünd doch ´n klooke Mann, Amtmann Wülbers. Seggen wi mol… fief Dusend Daalers, övern Duumen!"

Wülbers überrascht und erfreut: „Goot, övern Duumen… een Mol off twee Mol?"

Alberdine großzügig und bestimmt: „Twee Mol! Wi arven tja ok twee Mol!"

Taalke: „Un denn mutt de Kark obers bi uns int Dörp blieben"

Wülbers eifrig: „Jojo, allens klor! Moment äben… ik mutt dat noch Dr. Olearius verklickern. He kann nich sovöl Platt. Ik mutt dat eerst allens öwersetten."

Er zog sich mit Olearius auf die Rückseite der Kutsche zurück. Nach kurzer Zeit kamen beide wieder nach vorne. Wülbers strahlte: „Allens klor, miene gnädige Daams! Dr. Olearius hett toseggt. Wi muchen obers geern glieks een lüttjen Vörschuss van twee Hunnert Daalers up de Hand kriegen. Is dat mögelk?"

Alberdine: „Jo, mienswägen. Ik hebb mien Knippke dorbi…"

Taalke: „Ik ok… denn delen wi uns dat glieks hier up eehrlike Oort un Wies…, Alberdine… elkeen van uns… Hunnert… vandag noch!"

***

Wülbers half Olearius beim Einsteigen in die Kutsche. Dann drehte er sich noch einmal um, steckte sorgfältig einen weißen Zettel ein, den Taalke Helms und Alberdine Tuin noch schnell unterschrieben hatten - beim freundlichen Abschied und bei der Übergabe des Vorschusses - und sagte: „Ober dat Eene mutt ik Jo doch noch seggen: Ik verhannel bi Geldsaaken nurmolerwies lewer mit Mannslü as mit Froenslü… mit Jo gung dat obers heel fix… danke… Ji sind gor nich so achtersinnig!"

Als die Rappen vor der Kutsche anzogen, riefen Alberdine und Taalke hinterher:

„Wi doon blots wat Goods för uns Dörp!"

„Un dat köst uns ok ´n Bült Kapitaal!"

4.

Die nächste Dorfversammlung – übrigens schon nach knapp einer Woche – fand nicht wieder in Hatshausen, sondern auf Betreiben von Siebert Bünting auf dem großen Hof seiner Plaats in Ayenwolde statt. Die schöne, harmonische Giebelfront des malerischen Friesenhauses der Büntings machte auf viele ärmere Bauern einen großen Eindruck, ebenso wie die Erscheinung der Tochter Hilke, welche zusammen mit ihrer Mutter Alkea Bünting und der ebenfalls hübschen Freundin Stina Leemhuis als Empfangsdamen und Platzanweiserinnen für die bereitgestellten Bankreihen ausersehen waren. Diesen Plan hatte übrigens Enno Wiemken zusammen mit Gastgeber Siebend Bünting ausgedacht, um die Besucher aus dem Nachbardorf gleich gebührend zu beeindrucken. Hilke wollte da zuerst nicht mitmachen, sie wurde aber von ihrer Mutter dazu abkommandiert.

Die Veranstaltung begann ruhig. Siebend Bünting begrüßte alle Anwesenden und besonders den Bürgermeister Gerrit Jürgens, Pastor Hagius und am Schluss sogar noch Mester Frerich Edzards – alle aus Hatshausen. Bürgermeister Jürgens dankte anschließend für die Einladung auf diese große Plaats und erinnerte daran, dass es heute ja sehr wichtig sei, hier noch einmal eine kameradschaftliche Versammlung zwischen den beiden Dörfern – natürlich hauptsächlich wegen der Kirchenfrage – durchzuführen. Und zwar, bevor die Kommission aus Aurich eintreffen werde, die sich ja schon wieder angesagt habe. Mester Edzards aus Hatshausen und Bauer Enno Wiemken aus Ayenwolde hatten sich ja freundlicherweise bereit erklärt, die unterschiedlichen Argument und Standpunkte noch einmal darzulegen. Dann bat Jürgens dem Mester Edzards nach vorne, damit er beginne.

Dieser sprach: „Danke, Bürgermeister! Meine liebe Dorfgemeinschaft! ich will heute gar nicht so viele Worte machen. Aber ich muss noch einmal daran erinnern, dass die Kirche in Hatshusen eindeutig in einem besseren Zustand ist als diejenige in Ayenwolde. Wir wollen auch gar nicht mehr untersuchen, woran das eigentlich in den vergangenen Jahren und Jahrzehnten gelegen haben mag. Aber wir müssen nach dem ewigen Gesetz der menschlichen Vernunft es wohl für richtig ansehen, dass die gute, also die besser erhaltene Kirche bestehen bleiben muss und leider für viel Geld renoviert werden sollte."

Edzards wurde von Pastor Hagius unwillig unterbrochen: „Nicht nur nach der menschlichen Vernunft, lieber Mester, sondern auch mit Gottes Willen und Segen!" Ein Lächeln umspielte die Lippen von Frerich Edzards, als er einfach ein anderes Argument ansprach, nämlich, die Möglichkeit, alte Klostersteine sich aus Kostengründen aus der Ruine von Ihlow zu besorgen und somit alle beiden Kirchen in Hatshausen und Ayenwolde auszubauen und bestehen zu lassen. Dies wiederum rief Enno Wiemken auf den Plan, der einwarf, dass die Kommission doch schon längst entschieden hatte, nur eine der beiden Kirchen zu erhalten. „Also, ich meine, was Mester Edzards aus Hatshusen uns da jetzt auftischt, ist doch nur lauwarme Buttermilch von vorgestern! Jawohl, so sehe ich das."

„Goot seggt, lewe Enno!", rief Siebend Bünting von der Seite herein – zum geheimen Erstaunen und Unwillen von Frerich und auch Hilke, die sich in den Hintergrund zurückgezogen hatte.

Enno vertrat dann energisch die Seite von Ayenwolde, indem er den langen und umständlichen Weg von Ayenwolde bis zur möglichen einzigen Kirche in Hatshausen kritisierte, ja, mit seinen Worten gewissermaßen breittrat. Das konterte Lammert Bengen mit dem hämischen Hinweis darauf, dass der Großbauer Enno Wiemken doch immer nur per Gaul oder Kutsche unterwegs sei – und dass er sowieso nicht jeden Sonntag in der Kirche anzutreffen wäre. Als daraufhin die Leute von Ayenwolde heftig lachten und klatschten, sprang Heye Harms mal wieder seinem Großknecht bei, warf seinen gelben Schal um den Hals, und behauptete, im Winter könne Enno Wiemken ja den schweren Weg ganz bequem über das Eis des Tiefs bewältigen und viel schneller als sonst mit der Kutsche und seinen lahmen Gäulen in der Kirche in Hatshausen Platz nehmen. Da lachten auch die Leute aus Hatshausen und klopften Heye

Harms auf die Schultern.

Lammert und Heye musste sich aber nicht weiter bemühen. Plötzlich rief jemand von hinten, dass die Justizräte aus Aurich sich mit ihrer Kutsche und den schwarzen, schnellen Rappen davor annäherten.

***

Dr. Olearius und Amtmann Wülbers stiegen aus, klemmten ihre Aktentasche unter die Arme und schritten auf einen mit Blumen geschmückten Tisch zu, der dieses Mal sogar mit einer weißen Decke geschmückt war. Bürgermeister Jürgens begrüßte höflich die Kommission… „ümdat wie nu Jo Urdeel över uns twee Karken höörn sallen" – wobei er natürlich nur an seine eigene Dorfkirche in Hatshusen dachte.

Der Justizrat setzte sich etwas missmutig an den Tisch und gab Wülbers mit einer Handbewegung den Auftrag zu reden. Der Amtmann holte ein weißes Schriftstück heraus, blickte darauf und dann über alle Köpfe der gespannt lauschenden Anwesenden hinweg – und sprach kurz und bedeutungsvoll: „De Obrigkeit in Auerk hett nu besloten: De oole Kark in Ayenwolde `Sunte Maria Magdalena´ mutt affräten warrn! Dat is…"

Weiter kam er nicht. Seine Stimme wurde von eine losbrechenden Welle Geschrei, Empörung, Schimpfen und Jammern aus der Partei der Ayenwoldmer Dorfbewohner nicht nur übertönt, sondern geradezu weggeschwemmt. Einige versuchten sogar, irgendeinen Hats-

43

hausener Mitbürger am Kragen zu packen:

Siebend Bünting: „Dat is doch allens Bedreegeree!"

Hinrich Leemhuis: „Dat is nich gerecht!"

Enno Wiemken: „De Kommission is up een Oog blind!"

Gerd Eilts: „Allens Schiet!"

Nur mit Mühe konnten der Bürgermeister, der Pastor und der Mester aus Hatshausen und auch wenige besonnene Menschen aus Ayenwolde – wie Siebend Bünting und Hinrich Leemhuis – eine Schlägerei verhindern.

Pastor Hagius: „Lewe Gemeen, so geiht dat doch nich!"

Enno Wiemken: „Uns Kark höört to uns!"

Bürgermeister Jürgens: „Lü! Lü! Wi proten noch doröver!"

***

Während noch hin- und hergestritten wurde, näherten sich am Rande des Getümmels Hilke und Frerich einander an. Die Menschen beachteten sie in der Aufregung nicht. Hilke sagte leise: „Frerich, ich finde das nicht gut…" Frerich antwortete: „Hilke, ich versuche doch weiter, unsere beiden Kirchen zu retten." Da stand plötzlich Enno Wiemken hinter Hilke, packte sie am Arm und zog sie zu den Leuten aus Ayenwolde hinüber. Er rief: „Hilke, komm, wir müssen was tun! Wir machen einen Chor!"

Und er begann kräftig in Richtung des Tisches von Olearius und Wülbers zu singen: „Ayenwolde bruukt de Kark! Ayenwolde bruukt de Kark…!" Sofort fielen Stimmen ein und der Chor schwoll an, als Hilke an der Hand von Enno im Gewühle der Ayenwoldmer unterging. Mester Edzards blieb zurück.

Schließlich ergriff Pastor Hagius in der Menge die Initiative, stellte sich auf einen Stuhl und versuchte zu predigen: „Leute! Wir müssen der Obrigkeit untertan sei, wie schon unser Reformator Martin Luther gesagt hat: Dem Kaiser, was des Kaisers ist – und Gott, was Gottes ist! Und unsere Obrigkeit sitzt nun mal in Aurich und in Berlin und hat entschieden, dass die bessere Kirche in Hatshausen bestehen bleibt. Also… meine lieben Nachbarn in Ayenwolde, nu hört mal auf mit Eurem Schimpfen!"

Enno Wiemken schrie zurück: „Das ist kein Schimpfen! Das ist unser Recht!"

Siebend Bünting: „Eine andere Kommission! Wir wollen eine andere Kommission!"
Bürgermeister Jürgens: „Das ist doch lachhaft, Siebend!"

Alkea Bünting: „Dann wollen wir eine amtliche Begründung von Dr. Olearius!"

Nun erhob sich der Justizrat endlich bedächtig und ergriff das Wort: „Liebe Leute in den beiden Brüderdörfern hier. Was ist

45

das hier bloß für eine unnötige Aufregung und Rebellion. Die Be
gründung für unseren Entschluss ist doch völlig klar und liegt für
alle Wohlmeinenden auf der Hand: Die Kirche ´Sunte Maria Magda-
lena´ bei euch in Ayenwolde ist so beschädigt, ja, fast unbrauchbar,
dass es unsinnig wäre, sie noch zu renovieren. Seht das doch ein,
liebe Leute!“

Die Stimmung in der Menge wich nach dieser eindeutigen Stel-
lungnahme von Dr. Olearius einer gewissen nervösen Unruhe,
blieb aber weiter gereizt, was sich in zahlreichen Zwischenrufen
bemerkbar machte. Hilke war es gelungen, sich von Enno Wiemken zu lösen, der natürlich gleich wieder überall bei Ayenwoldmern
oder Hatshausenern in kontroverse Diskussionen verwickelt war.
Sie gelangte in die Nähe von Frerich und flüsterte ihm zu, dass man
doch noch versuchen könnte, die alten aber noch intakten Steine
vom kaputten Zisterzienserkloster in Ihlow herzuschleppen und damit die Kirche auch in Ayenwolde zu erneuern. Frerich Edzards war
zunächst erfreut, dass Hilke wieder bei ihm stand und ihm einen
vernünftigen Kompromissvorschlag machte. Doch bevor er Hilke
etwas so Ähnliches zutuscheln konnte, wurden die Beiden von einem lauten Ruf der Jungfer Tuin aufgeschreckt. Sie stand mit ihrer
Freundin Taalke Helms nur wenige Schritte neben dem heimlichen
Liebespaar. Und Alberdine rief Taalke laut und deutlich zu, so dass
alle den Ruf im Umkreis von zehn bis fünfzehn Metern deutlich hören konnten:

„Taalke! Guck mal, was der Mester da mit Hilke Bünting vorhat. Die versuchen dort beide, gegen unsere Obrigkeit vorzugehen!"

Alkea Bünting: „Was sagst du da, Jungfer Alberdine?"

Siebend Bünting: „Was tut unsere Tochter mit dem Mester?"

Immer mehr Leute, sowohl aus Hatshausen wie auch aus Ayenwolde, wandten ihre Aufmerksamkeit auf den Kreis, in dessen Mittelpunkt Frerich und Hilke standen, obwohl beide instinktiv und vorsichtig versuchten, wieder voneinander fortzurücken und sich in der Menge der vielen Menschen zu verstecken. Aber es war zu spät. Alberdine rief dem Vater Bünting über zehn Meter Entfernung auch noch zu, dass seine Tochter Hilke hier dauernd mit dem Mester aus Hatshausen herumstehe und die beiden anscheinend was ausheckten.

Frerich, entsetzt: „Was soll denn das, Jungfer Helms!"

Hilke, hilflos bitternd: „Ich hab´ doch nur einen Vorschlag gemacht, wegen der Klostersteine in Ihlow!"

Freundin Stina, von ferne: „Hilke, komm hierher… auf unsere Seite!"

Jungfer Alberdine kam jetzt noch mehr in Fahrt und sagte deutlich und klar, so dass es jeder hören konnte oder musste – sie wolle ja nur ihre private Meinung vertreten, dass es für ein junges Mädchen aus Ayenwolde nicht der beste Umgang wäre, mit dem jungen Mester aus Hatshausen hier herumzustehen und bei der Gelegenheit sich Sachen auszudenken, die eindeutig gegen die weisen und gerechten Beschlüsse der Auricher Obrigkeit gerichtet wären.

Siebend Bünting: „Wat höör ik? Wat makst du, Hilke?"

Hilke, flüchtet sich zu Stina: „Ik hebb de Mester blots een Vörslag öwer Ihlow makt."

Taalke zog jetzt Freundin Alberdine nach hinten. Ihr wurde die Lage zu gefährlich. Sie raunte Alberdine zu, man habe nun ja gesagt, was man sagen müsse. Und sie hätten getan, was getan werden muss! Beide hakten sich untereinander ein und zogen stolz davon. Eine seltsame Stille trat ein, in der alle den beiden Jungfern ziemlich erstaunt und irgendwie noch unschlüssig hinterher starrten.

Schließlich fand Pastor Hagius seine Sprache wieder. Olearius und Wülbers hatten sich schon in ihre Herberge zu einem Mahl zurückgezogen – zufrieden mit sich und diesem zweiten Volksgespräch, das nach ihrem Empfinden weniger explosiv abgelaufen war als das vorhergehende. Hagius stellte sich wieder auf einen Stuhl – in Ermangelung einer Kanzel in Ayenwolde – und verkündete:

„Meine liebe Gemeinde in Hatshausen und in Ayenwolde! Ich meine, und ich bitte euch hier alle, jetzt friedlich und mit guten Gedanken nach Hause zu gehen und alles in Ruhe und mit Vernunft zu bedenken, was wir heute hier gesehen und gehört haben. Und ich bin sicher, dass Gottes Segen uns in unseren Gedanken begleiten wird."

Bürgermeister Jürgens aus Hatshausen stützte Hagius beim Abstieg von seinem Kanzelstuhl und lobte ihn für seine Worte. Niemand habe doch die Absicht, eine Mauer zwischen den Dörfern Hatshusen und Ayenwolde zu errichten!

Einige Leute murmelten noch vor sich hin oder tuschelten miteinander, aber man war müde, hungrig und durstig - und so gingen die meisten langsam und auch ein bisschen unwillig davon.

***

Heye und Lammert waren unter den Letzten auf dem Versammlungsplatz. Sie alberten noch etwas herum. Heye rieb sich die Hände, dass sei doch ein feiner Streit gewesen, aber eine richtige Hauerei hätte es doch nicht gegeben, leider. Lammert war froh, dass die Kirche jetzt doch in Hatshausen bliebe, aber er sei enttäuscht, dass sich Enno Wiemken von dem lüttjen Mester Edzards so viel gefallen ließe. Hätte Enno nicht sofort eine Klopperei mit Edzards anfangen können? Wegen der schönen Hilke natürlich. Sie stritten noch eine Weile herum, ob man lieber für Enno aus Ayenwolde und gegen

49

den Mester aus Hatshausen sein solle – wegen der Frechheit des Lehrers, sich das schönste Wicht in Ayenwolde anzulachen – oder ob man für den Mester Edzards Partei ergreifen müsse, weil er doch zur Schule in Hatshausen gehöre und sogar auch für ihre Seite geredet habe.

„Wenn der Kerl wenigsten so gut schöfeln könnte wie er quasselt, dann wäre ich sofort für ihn", entschied sich dann Heye und bummelte nach Hause.

Von Hilke und Frerich war nichts mehr zu sehen.

5.

In den folgenden Wochen traf sich das heimliche Liebespaar nur noch selten am Fehntjer Tief. Ihr Geheimnis war nun ja schon mehr oder weniger gewaltsam gelüftet; und Hilke und Frerich mussten sich hüten, den herum schwirrenden Gerüchten in den beiden Dörfern neue Nahrung zu liefern. Außerdem war der Mester Edzards nun auch in Hatshausen voll in die Vorbereitungen des Neubaus der Kirche einbezogen. Die Entscheidung war ja auch offensichtlich schon gefallen, zumindest für die Hatshausener – und auch die Ayenwoldmer schienen sich damit abgefunden zu haben. Also häuften die Bewohner von Hatshausen schon allerlei Materialien, Holzbalken, Steine, Schubkarren und Handwerkzeuge hinter der baufälligen Kirche an, um im Ernstfall schnell handeln zu können. Frerich Edzards machte da auch mit, er wollte sich ja nicht gänzlich aus der

Dorfgemeinschaft ausschließen lassen oder sich von ihr entfernen. Dabei hatte er immer noch die Hoffnung im Kopf, dass man mit den Klostersteinen von Ihlow auch den Leuten in Ayenwolde noch irgendwie helfen könne. Die Menschen dort in Hilkes Heimatdorf waren aber längst nicht so aktiv, einige schienen ihre alte Kirche auch schon aufgegeben zu haben.

Vater Siebend Bünting baute eifrig seine große Plaats weiter aus und achtete mit Argusaugen darauf, dass seine Tochter Hilke viel im eigenen Hof zu tun hatte. Frau Alkea Bünting hoffte auf die Freundschaft und guten Einfluss von Stina Leemhuis und lud sie und ihre Eltern oft ein. Die beiden Jungfern Tuin und Helms wurden weitgehend gemieden, ja, geschnitten. Ihre Plappermäuler waren ja im Dorf gefürchtet und verrufen.

Nach weiteren Wochen gingen die Vorbereitungen in Hatshausen fast nahtlos in die eigentliche Renovierung über. Innerhalb der Kirche konnte ja unbeobachtet von außen munter und fleißig weitergearbeitet werden. Und bald konnte auch der Klockenturm wieder hochgemauert werden. Dabei kam es innerhalb der Hatshausener Gemeinde zu Meinungsverschiedenheiten.

Eines Tages, es war schon im Spätherbst, standen Pastor Hagius, der Mester und der Bürgermeister in der fast fertigen Kirche zusammen und beratschlagten. Frau Pastor Hagius war auch dabei und beklagte, dass die alte Glocke im Turm viel zu kläglich klinge.

Alle anderen Kirchen in der Umgebung des Fehntjerlandes wären doch viel klangvoller. Da hatte Mester Edzards einen Einfall, der sicherlich damit zusammenhing, dass er auch oft durch Ayenwolde gewandert war. Er sagte:

„Unsere Glocke ist zu klein? Nun, soweit ich weiß, gibt es noch in der alten Kirche von Ayenwolde eine große, schöne Glocke. Aber die Kirche wird ja nun bald nach Auricher Anordnung abgerissen. Die Ayenwoldmer haben auch schon damit begonnen wie man hört. Also wird die große Glocke dort nicht mehr gebraucht und bleibt stumm. Vielleicht können wir da doch versuchen, diese schöne Glocke zu uns, also ich meine hierher zu bekommen. Wir könnten da mal mit den Leuten dort verhandeln."

Die anwesenden Hatshausener verstanden sofort. Inzwischen hatten sich auch Heye und Lammert dazugesellt und ihre Arbeitsstelle vor der Kirche verlassen. Sie hatten auch den Vorschlag des Mesters gehört. Und als nun Bürgermeister und Pastor, nebst Gemahlin, begeistert die Idee von Edzards begrüßten, gingen die beiden noch einen Schritt weiter. Es war ja schon Spätherbst und bald würde das Tief und auch das kleine Sandmeer zwischen den Dörfern wieder zufrieren. Also hieße das doch – und schon entwickelte der Großknecht Lammert den Gedanken des Mesters weiter - könnte man doch das feste, dicke Eis im Winter dazu benutzen, um die schwere Glocke auf einem Schlitten von Ayenwolde nach Hatshausen zu transportieren, das heißt also rüberzuholen – an einem einzigen Tag! Das wäre doch ganz einfach! Oder in einer einzigen

Mondnacht! Ja, in wenigen Stunden… und mit oder ohne Hilfe der Ayenwoldmer! Denn mit deren freiwilliger Zustimmung der Nachbarn sei wohl leider wieder nicht zu rechnen… meinte Lammert Bengen vieldeutig. Heye Harms unterstützte ihn begeistert.

Frerich Edzards stutzte und kratzte sich am Kopf. Was hatte er da bloß bei Lammert und Heye angestoßen? Er sagte laut: „Rüberholen… nun, das klingt mir doch schlimm nach Räuberei! Nein, so habe ich mir das nicht gedacht." Lammert fühlte sich wieder mal arg vom Mester missverstanden und nannte diesen einen „WoordenVerdreiher". Und Heye war auch empört und sagte, er könne sich auch gut vorstellen, die schöne große Glocke in der Nacht übers Eis zu holen. Er kenne ja im Winter jede gefährliche und schwache Stelle dort im Eis.

Da sagte Frerich Edzards klar seine Meinung: „Aha! Ihr wollt also die Glocke klauen! Da mache ich aber nicht mit! Es geht für mich nur mit Vernunft und Verhandeln!"

Bürgermeister Jürgens: „Mester, du kennst doch de Dickkoppen ut Ayenwolde."

Pastor Hagius: „Freiwillig läuft da gar nix! Und dann bei der schönen Glocke."

Lammert, beiseite zu Heye: „De Mester is ´n Baangbüx."

Frau Pastor Hagius: „Dor mutten wi ok mol anner Sieden uptrecken!"

Dieser Streit unter sogenannten Freunden wurde wieder einmal in Hatshausen nicht sofort gelöst. Man vertagte ihn. Aber in einer Ansicht ging man einig auseinander, dass zwei Glocken im neuen Kirchturm – eine kleine und eine große - eine großartige Sache wären: die alte, kleine zum Vorläuten und bei kleinen Beerdigungen – und die große, wohlklingende aus Ayenwolde bei Gottesdiensten und bei den großen Bauern-Toten mit ihren Erbbegräbnissen und natürlich auch bei glücklichen Hochzeiten und Geburten. Bürgermeister Jürgens schloss: „Das sind doch alles sehr schöne Gedanken und Aussichten. Lasst uns darüber noch mal einige Nächte schlafen…"

Mester Frerich Edzards tat aber mehrere Nächte kein Auge zu.

***

Frerich Edzards hatte an den nächsten Tagen große Mühe, Hilke eine Nachricht zukommen zu lassen. Schließlich gelang es ihm, sie an einem entfernten Treffpunkt nicht am Tief, sondern am einsamen Broekzeteler Meer zu treffen. Der Herbst ging schon in den Vorwinter über und das Wasser auf dem kleinen Moorsee – wo man doch im Winter nach nur wenigen, windstillen Frostnächten herrlich schöfeln konnte - war in heftiger Bewegung. Hilke und Frerich waren endlich wieder ganz alleine in der rauen Moorlandschaft zusammen, kauerten sich auf einem trockenen Fleck hinter einem dichten Gestrüpp zusammen, küssten sich, schwiegen und waren endlich mal wieder eine Weile wortlos glücklich.

„Es hat viel zu lange gedauert, dass wir uns wieder getroffen haben, Frerich…", klagte Hilke. Der Mester schilderte, was in Hatshausen alles los war, wie viele Arbeit schon in der alten Kirche zu leisten war und dass er und seine Schüler sich dort auch nicht mehr ausschließen konnten. „Die neue und alte Kirche muss du dir mal ansehen, Hilke, sie wird sehr schön. Und sie ist ja auch für euch Ayenwoldmer", sagte Frerich. Hilke schüttelte mit dem Kopf: „Du weißt doch, was die Leute reden, wenn sie mich mit dir bei eurer Kirche sehen. Das geht nicht mehr. Die erzählen alles mögliche über uns."

Da ging wieder ein schöner, ja, idealer Gedanke durch Frerichs Kopf und er sprach ihn gleich aus: Gerade sie beide, Hilke und er, sie könnten doch zu einem ewigen Frieden zwischen den beiden Dörfern beitragen. Und das ginge ganz einfach über die beiden alten Glocken – die alte, bald etwas zu klein gewordene Glocke im neuen Turm von Hatshausen und die größere, aber doch bald nicht mehr gebrauchte Glocke im Turm von Ayenwolde, der ja wohl bald abgerissen werden würde. Wenn man die beiden Glocken zusammenbringen könnte, eben vielleicht in dem neuen Turm der neuen Kirche in Hatshausen – dort, knapp schon an der Grenze nach Ayenwolde – ja, dann wäre das doch ein großartiges Bild der Einheit aller Christen und vor allem der Ayenwoldmer und Hatshusener. Das wäre ein Symbol eines ewigen Friedens! So eine schöne Idee habe er auch schon bei dem berühmten Philosophen Immanuel Kant aus Königsberg gelesen!

„Du meinst also, wir in Ayenwolde sollen unsere schöne, große Glocke einfach so an euch abtreten, sogar schenken?", Hilke blickte bei diesen Worten Frerich starr und eher ungläubig an. „Ja, warum denn nicht…?", antwortete Frerich, „…das wäre dann doch ein Akt von Vernunft, Einsicht und Frieden. Ich kenne da auch eine Schrift von Immanuel Kant unter dem schönen Titel: Zum ewigen Frieden!"

Hilke schwieg wieder und sagte dann: „Einsicht… ja, aber nur Einsicht bei uns. Ihr in Hatshausen hättet dann keine vernünftige Einsicht geleistet, sondern nur einen für euch sehr bequemen Frieden erlangt." Der Mester schaute die hübsche Ayenwoldmerin groß an. Mit einem solchen distanzierten Argument hatte er in seiner Begeisterung gar nicht gerechnet. Aber da es aus dem Munde seiner geliebten Hilke kam, konnte er die Worte nicht ignorieren. Sie blickte dumpf vor sich hin…

Hilke: (hart): Ich habe nicht, gedacht, Frerich, dass
                du die Sache mit Hatshausen so fest auf deine Seele
                geschrieben hast!

Frerich: Was habe ich denn getan?

Hilke: (schlägt die Hände vors Gesicht): Du hast mich verraten, Frerich!

Frerich:	Was...?! Was habe ich?
Hilke:	Ich hätte das ja eigentlich schon bei den Dorfversammlungen mit der Kommission aus Aurich merken müssen…
Frerich:	Was hättest du merken müssen?
Hilke:	… das du, als Mester in Hatshusen, auf der anderen Seite stehst. Schade für uns beide…
Frerich:	(entsetzt): Was sagst du da, Hilke?!

Langes Schweigen und Abrücken voneinander…

Hilke:	Und wann kommt ihr jetzt aus Hatshausen nach Ayenwolde und wollt uns unsere große Glocke abschachern?
Frerich:	(windet sich): Nein, das soll keine Abhandlung sein, wenn es nach meiner Vernunft geht, das ist ja gerade mein Bestreben. Aber… aber Lammert Bengen und Heye Harms… und auch schon andere… haben da leider einen bösen Plan ausgeheckt, den ich aber noch verhindern werde. Das verspreche ich dir!
Hilke:	(hellhörig): Einen bösen Plan? Was ist das nun schon wieder?

Frerich:	(zögernd): Tja, ich weiß gar nicht, ob ich dir das erzählen darf... aber, Hilke, ich hab´ dich doch lieb... also: ein paar junge Leute in Hatshausen, mit Heye und Lammert an der Spitze, wollen im nahen Winter... Eure Glocke... über das Eis des Sandwaters... und bei Nacht... auf einem Schlitten... rüber... transportieren...
Hilke:	(eiskalt): Aha! Also klauen!
Frerich:	Nein, doch... wenn es nach mir geht: dann erst mal rüberholen und dann vernünftig mit euch verhandeln! Ich werde das durchsetzen! Ich hab Einfluss im Dorf!
Hilke:	(nüchtern): Frerich! Du bist ein Träumer!
Frerich:	(verzweifelt): Aber ich will das ja auch gar nicht... dieses.... dieses Rüberholen bei Nacht! Glaub´ mir das, Hilke! Ich bitte dich. Und ich werde das noch verhindern.
Hilke:	(spöttisch): Du... du und verhindern?! Du hast doch auch nicht verhindert, dass unsere kleine Kirche in Ayenwolde abgerissen wurde.
Frerich:	(hilflos): Ich bin auch nur ein kleiner Mester...
Hilke:	(bitter): Allerdings... das glaube ich auch!

***

Hilke stand auf und ging davon. Sie achtete kaum noch auf den Weg. Einmal trat sie in ein Moorloch und beschmutzte ihren rechten Fuß hoch bis zum Knie.

Frerich sah ihr mit starren Blicken nach bis sie den festen Weg erreicht hatte und hinter Büschen verschwand. Eine heftige Regenbö zog über das Hochmoor. Der Mester versuchte gar nicht, sich dagegen zu schützen. Er drehte sich trotzig um - und eilte nass und zitternd zurück nach Hatshusen.

6.

Hilke traf noch vor dem Dunkelwerden zu Hause in Ayenwolde ein. Zum Glück hatte ihre Abwesenheit niemand bemerkt und Stina war auch schon da und wartete geduldig in Hilkes Kammer. Hilke machte einige kurze Andeutungen, sie sei aus Versehen in ein Moorloch getreten – Stina nickte, sie ahnte etwas, als sie das verweinte Gesicht von Hilke sah und begann wortlos, den Fuß und die Kleidung ihrer Freundin zu säubern. Hilke schlug die Hände vors Gesicht und schluchzte.

„Was ist denn…?", fragte Stina. Hilke flüsterte: „Ich weiß nicht, was ich tun soll…" „Ist was mit Frerich…?" „Ja, das auch…", Hilke nahm die Hände vom Gesicht, wischte ihre Tränen ab und presste die Lippen zusammen. Dann stieß sie hervor: „Er hat mich sitzen gelassen! Er hat mich verraten!" „Und jetzt kriegst du ein Kind…!" Stina platzte sofort damit heraus. Es tat ihr gleich leid, dass sie diese Erkenntnis nicht vorsichtiger formuliert hatte. Aber Hilke wehrte ab: „Was? Nein… wie… weiß ich nicht… glaub´ ich nicht..“

Stina umarmte Hilke: „Wieso denn… sitzen gelassen, verraten… das ist doch gar nicht die Art von deinem freundlichen Mester. Jetzt musst du ihn eben gleich heiraten.“

Hilke weinte – dann erzählte sie atemlos: … die Liebe… die Entfremdung durch den Kirchenstreit… das Gerede der Leute… und jetzt, heute, habe sie erst von Frerich erfahren… „weißt du Stina, dass die Hatshausener immer noch nicht zufrieden sind, sie wollen nicht nur den Abriss unserer kleinen Kirche, nein, jetzt wollen sie auch noch unsere große, schöne Glocke…, und Frerich wehrt sich kaum dagegen! Das hätte ich doch wohl von ihm erwarten können.“ Sie erzählte und schimpfte… von den Raffgeiers in Hatshausen… und dann erwähnte sie auch den Plan von einer komischen und geheimen Aktion auf dem winterlichen Eis des Sandmeeres. Sie steigerte sich immer mehr in Ärger, Enttäuschung und Trotz gegen Frerich hinein.

Stina versuchte ihre Freundin zu trösten so gut es ging. Auch sie war empört, nicht nur über den Mester, sondern auch über die neuerlichen Intrigen der Hatshausener. Darüber traten bei ihr auch die Sorgen über ein möglicherweise Heiraten-Müssen für Hilke in den Hintergrund.

Als Stina an diesem Abend nach Hause auf ihren elterlichen Bauernhof kam, konnte sie sich aber nicht enthalten, die „Sache mit Hilke" gegenüber ihrer Mutter Swantje Leemhuis zu erwähnen, auch die ärgerlichen Pläne der Nachbarn wegen der Glocke auf dem Weg über das Eis des Sandmeeres. Stina konnte sich ja auch nicht an ein direktes Schweigegelübde erinnern. Mutter Swantje war empört, auch über das Verhalten und die Verwicklung des jungen Mesters aus Hatshausen. Sie versprach Stina aber, den Mester da rauszuhalten, um Freundin Hilke zu schützen. Diese habe ja auch schon genug unter dem Zank zwischen den Dörfern zu leiden.

Doch Swantje Leemhuis sah es natürlich als ihre Pflicht an, ihren Mann Hinrich umgehend zu informieren. Bauer Hinrich Leemhuis reagierte entsetzt und handelte sofort: „Ich muss heute Abend noch mit Siebend Bünting und Enno Wiemken sprechen!" Da schwante Swantje, was sie angerichtet hatte: „Ich hab´ dir das alles aber nur erzählt, dass du erstmal darüber nachdenken sollst. Auf keinen Fall darfst du erwähnen, dass Stina und Hilke dahinter stecken. Schone vor allem die arme Hilke!" Hinrich versprach es, schließlich musste er ja auch seine eigene Tochter Stina vor übler Nachrede schützen, wegen der allgemein bekannten Freundschaft mit Hilke.

7

Hilkes Vater Siebend Bünting organisierte schon am nächsten Abend in Ayenwolde eine Dorfversammlung. Gut ein Drittel aller Eingeladenen waren auch gekommen, obwohl weder er noch Hinrich Leemhuis einen Grund für die überraschende und sehr kurzfristige Einladung genannt hatten. Auch verzichtete Hinrich, auf intensive Bitten von Tochter Stina, auf die besondere und dringliche Einladung von Enno Wiemken. Der würde ja sowieso kommen, argumentierte Stina, und für Hilke wäre es sowieso schon eine schwierige Situation.

Nun stand also Siebend Bünting zum ersten Male alleine vor der Dorfversammlung und musste sie eröffnen. Er hatte sich lange überlegt, was er sagen solle und was nicht. Nun stand er vorne am Tisch und sprach langsam und bedächtig, nachdem der Wirt allen Leuten ihr Bier serviert hatte:

„Freunde, ich danke euch, dass ihr so schnell gekommen seid. Aber, die Lage ist ernst und wir müssen uns wieder beraten. Ihr habt ja alle wohl in den letzten Wochen gesehen, gehört oder erlebt, was in Hatshausen alles wieder passiert ist. Der Aufbau ihrer neuen Kirche dort, leider von Aurich her genehmigt, ist weit fortgeschritten, während unsere kleine, ehrwürdige Kirche in Ayenwolde verfällt und darnieder liegt. Wir können da nur ohnmächtig zuschauen oder uns wegdrehen. Die Obrigkeit in Aurich hat das so gewollt. Aber jetzt erhalte ich neue Berichte aus Hatshausen, die mir die Haare zu Berge stehen lassen." Enno Wiemken, der ganz vorne saß, unterbrach auf der Stelle: „Was ist denn nun schon wieder los! Erzähle, Buur Bünting!"

Siebend: „Ich habe sichere Nachrichten – ich kann und will hier nicht verraten, von wem ich das habe – dass unsere lieben Nachbarn in Hatshausen sich ein neues Komplott gegen uns ausgedacht haben. Es geht dabei um unsere große, klangvolle Glocke, die immer noch im verfallenden Turm der Kirche hängt und immer noch treu und brav die Begräbnisse unserer älteren Mitbürger und Mitbürgerinnen auf dem Friedhof begleitet. Pastor Hagius aus Hatshausen lässt sich dagegen nur noch selten bei uns blicken."

Enno Wiemken: „Unsere Glocke? Was haben die Hatshausener mit ihr zu tun?"

Siebend Bünting: „Sie wollen diese, unsere Glocke stehlen und in ihre neue Kirche bringen! Jawohl! Der schöne Klang unserer großer Glocke soll in Zukunft die Schandtaten der Hatshausener veredeln! Und das soll bald, beim nächsten Vollmond passieren!"

Die Ayenwoldmer vergaßen, ihr Bier zu trinken, einige sprangen auf. Alle gerieten in helle Aufregung, sprachen und riefe durcheinander.

Enno Wiemken: „Wie bitte? Das wäre ja... ein widerwärtiger und gotteslästerlicher Missbrauch! Wer hat sich das nur ausgedacht!"

Siebend Bünting: „Ich habe geheimes Wissen – aber ich darf es noch nicht preisgeben."

Alkea Bünting: „Wir wissen das alles aus sicherer Quelle!"

Enno Wiemken: „Aber ist das vielleicht auch nur dummes, prahlerisches Gerede? Sag´ mal, Siebend, glaubst du denn, dass da überhaupt was dran ist?"

Siebend: „Nein, nein – das kann nicht nur Proteree hinten im Moor sein. Die Hatshusener haben schon einen Geheimplan aufgestellt."

Enno Wiemken: „Einen Geheimplan…?"

Siebend Bünting: „Ja, ja – wie uns zugetragen wurde, haben die Hatshusener schon einen Plan in ihren Köpfen, wie sie im Winter, wenn das Eis auf dem Sandmeer wieder fest ist, bei Nacht und Mondschein unsere Glocke aus Ayenwolde nach Hatshausen transportieren wollen."

Und wieder empörten sich die Zuhörer. „Unerhört… wie kann man sich so etwas ausdenken… ist doch nicht zu glauben… immer hintenrum, die Hatshausener!" So schwirrte der Ärger und die Empörung durch die Reihen. Nur Enno Wiemken behielt seinen klaren Kopf: „Und das wollt ihr glauben?" Einen Moment lang trat Ruhe ein und Enno sagte, dass er gar nicht für echt annehmen könne, die Hatshausener würden den Mut und die Kraft haben, eine schwere Glocke in kalter Wintersnacht unbeobachtet übers Eis in ihr Dorf zu schleppen. Swantje Leemhuis unterstützte ihn und sagte, sie vermute da auch nur viel Rederei dahinter. Wie könnten denn die Hatshausener im Winter unbeobachtet übers Eis hin- und zurück-kommen?

Manche begannen jetzt, trotzdem Vorsichtsmaßnahmen zu entwi-ckeln, wie man eine Frontlinie auf oder am Sandmeer entwickeln, ausbauen und befestigen könne, wo man den Feind erwarten und zurückschlagen würde. Das müsste recht bald geschehen, die Zeit bis zum nächsten Winter-Vollmond sei ja nicht mehr lange. Je-mand schlug vor, man müsse rund um das Sandmeer Stroh und Holzhaufen aufhäufen und diese in der Mondnacht so anzünden, dass das gesamte Eis beleuchtet und leicht zu verteidigen wäre. Möglicherweise würden die feigen Hatshausener dann auch schon vorher – wenn sie am Tage die Haufen gesehen und ihre Aufgabe erkannt hätten - aus purer Angst alle Hoffnung auf den Raub der Glocke fahren lassen. Das wäre dann doch die einfachste und wir-kungsvollste Lösung der Bedrohung. Ein anderer schlug vor, man solle sofort die Auricher Kommission mit Dr. Olearius und Amtmann Wülbers benachrichtigen und sie bitten, eine Polizeitruppe aus Au-rich hierher zu schicken, damit diese die Frontlinie am Sandmeer den ganzen Winter lang bis zum Schmelzen des Eises bewachen könnte. Das verwarf ein weiterer Rufer aber; er rief, irgendeine Hil-fe in Aurich zu suchen, sei zwecklos und Zeitverschwenung – die Auricher hätten doch längst ihre Komplizenschaft mit Hatshausen unter Beweis gestellt.

Schließlich beendete Siebend Bünting mit lauter Stimme die ungeordnete Diskussion und schloss die heutige Versammlung. Er dankte allen Beiträgern für ihre offene Meinung und versprach, gemeinsam mit Enno Wiemken alle sinnvollen Vorschläge zu überdenken und zu prüfen. Dann wolle man einen gemeinsamen Plan entwickeln, der umsetzbar sein müsse und verwirklicht werden könnte. Er ermahnte alle noch einmal eindringlich, Augen und Ohren offen zu halten, um ja keine neue Bedrohung zu verpassen. Wenn ein Mensch aus Hatshausen sich nähere, solle man ihn möglichst unauffällig beobachten und verfolgen. Jede Tätigkeit in der Nähe der Glocke oder des Sandmeeres müsste genau kontrolliert werden. „Wir brauchen dabei viele Augen, Ohren, Hände und Kräfte und hoffen auf eure energische Mitarbeit bei der Rettung unserer Ayenwoldmer Glocke! Das sind wir diesem Prachstück schuldig! Und nun geht nach Hause und lasst euch bis zur Mondnacht möglichst nicht mehr in Hatshausen sehen und hören. Haltet überall den Mund und verratet nicht, was ihr heute hier gehört habt." So beendete er die Dorfversammlung.

Hilke und Stina hatten sich die ganze Zeit schweigend und nachdenklich im Hintergrund gehalten. Sie verließen schnell den Platz. Sie wollten mit niemandem sprechen müssen.

8.

Nur wenige Tage später, aber noch gut eine Woche vor dem nächsten Vollmond, trafen sich am Sonntagnachmittag die Hatshausener im neuen Gemeindesaal ihrer neuen Kirche. Heye und Lammert kamen sogar schon in winterlicher Kleidung und mit Schöfels, denn Heye behauptete, das Eis des Sandmeeres beginne schon kräftig zu frieren. Heye war schon wie berauscht von der Hoffnung auf erstes Schöfeln und hatte die Schlittschuhe schon an den Füßen.

Heye: „Dat Iis is fast! Dat Iis is fast! Dat geiht los! Dat geiht los!"

Lammert versuchte ihn, wie immer, zu bremsen: „Heye, was soll das – wir können doch hier noch nicht schöfeln!"

Heye: „Macht nix. Ich habe meine Schöfel-Schoner unten drunter, die sind aus Kuhleder. Damit kann ich über Stock und Stein hin zum Sandmeer laufen."

Lammert: „Heye, deine Uhr im Kopp tickt nicht richtig…"

Bürgermeister Jürgens, der die Beiden beobachtete, mahnte: „Kinners, nicht so luut! Ji sünd nich allenig up de Welt. Und wenn hier einer aus Ayenwolde herumläuft, der wundert sich bestimmt, dass wir hier so häufig über das Eis auf dem Sandmeer proten."

Heye: „Ich hab´ doch gar nix von der Glocke geprotet. Das ist doch mein Geheimnis."

Jürgens öffnete die Tür zum Gemeindesaal, wo schon einige Leute auf ihn warteten und sagte zu seinen beiden Knechten Heye und Lammert, sie sollten sich man in der bevorstehenden Eisnacht auf dem Sandmeer im Hintergrund halten. „Ihr beide kauelt mir zuviel herum!" Dann wurden die Aufgaben für das Glocken-Unternehmen, wie es jetzt hieß, konkret verteilt. Der Bürgermeister war gut vorbereitet. Der Pastor Hagius sollte rausgehalten werden. Er musste ja weiterhin auch noch für das Dorf Ayenwolde zuständig sein, auch ohne Glocke dort – und womöglich auch mal ohne Kirche. Dann wandte er sich mit skeptischer Miene an Mester Frerich Edzards: „Und du, Mester? Was ist mit dir? Du hattest doch die gute Idee."

Frerich hatte mit dieser Frage und einer Entscheidung gerechnet: „Nein, ich gehe nicht mit auf das Eis. Ich hab' inzwischen gewisse Bedenken." „Das ist schade, Mester…, aber wir können nichts mehr ändern. Deine Ideen haben gewirkt. Ich fasse mal zusammen: Wir holen in der Mondnacht die große Glocke heimlich aus dem Rest-turm von Ayenwolde und retten sie damit. Nicht nur für uns. Wir betten sie mit vereinter Kraft – wahrscheinlich brauchen wir fünf kräftige Männer dafür – auf den großen Schlitten und schieben die ganze Sache auf dem kürzesten Weg über das Sandmeer nach Hatshausen hinüber. Und dann hängen wir die Glocke in unseren neuen Glockenturm an der renovierten Kirche und - ihr werdet es erleben - die Ayenwoldmer werden auch bald glücklich darüber sein, wenn sie dann die große Glocke im ganzen, weiten Fehntjer-land läuten hören!"

Der Mester schüttelte den Kopf und Jürgens sah dies und tadelte ihn: „Mester! Das ist doch ein vernünftiger Plan – für uns beide Dör-fer!"

Frerich Edzards blickte zu Boden und murmelte: „Mit meiner Vernunft hat das nichts zu tun, Bürgermeister. Ich wollte doch verhandeln. Aber nun bin ich machtlos. Ich fühle mich wie Pontius Pilatus und wasche meine Hände in Unschuld…"

„Mester! Du büst to ′n Glück nich Pontius Pilatus – man, du

69

büst ´n lüttjen Bangbüx. Aber du hast trotzdem gute Ideen.“
So versuchte Jürgens den Mester zu kritisieren und gleichzeitig
wieder aufzurichten. Er wollte es ja nicht ganz mit ihm verderben.
Auch seine Frau Amke dachte so und legte mütterlich den Arm um
den jungen Frerich: „Pass mal auf, Mester, wenn die Glocke erst bei
uns wunderbar läutet – und das wird sie ja bald tun – dann ist
die Welt auch bei dir wieder in Ordnung sein.“

„Ich weiß nicht…“, murmelte Frerich Edzards.

***

Lammert und Heye hatten von den hinteren Plätzen aus die
Versammlung verfolgt. Sie gingen gegen Schluss gemeinsam hinaus und machten sich lustig über den Mester und
seine Nöte.

Lammert: „Siehst du, Heye, unser Mester hat kalte Füße ge-
kriegt…“

Heye (leise, beiseite zu Freund Lammert): „Kalte Füße? Das
ist schlecht für den Mester. Weißt du Lammert, es gibt da einen
schönen Spruch: ´Koole Fööt un Noorden Wind / Gifft een krusen
Büdel un een lüttjen Pint`. Gut,nicht? Könnte von mir sein“

Lammert: „Pst, Heye! Quatsch nich so!“

Heye, kichernd: „Ich quatsch doch gar nicht. Ich sag´ ein Gedicht
auf! Auf Platt! Das ist doch nicht verboten? Soll ich ´s nochmal sagen?“

Lammert hielt Heye den Mund zu: „Hör auf! Lass´ das bloß keinen hören! Wenn das der Mester hört…"

9.

Die Vollmondnacht auf dem festen Eis des Sandmeeres war – nach einhelliger Meinung aller Himmelsgucker in Ayenwolde – endlich angebrochen. Und das Wetter war ruhig, windstill und der Himmel wolkenlos. Jetzt musste sich zeigen, ob die Gerüchte und angeblichen Pläne von einem Überfall der unberechenbaren Nachbarn aus Hathausen sich bewahrheiten sollten. Siebend Bünting, Enno Wiemken, Hinrich Leemhuis und dessen Knecht Gerd Eilts hatten sich am Rande des Sandmeeres hinter Büschen auf die Lauer gelegt und wollten hier den Treck der Feinde aus Hatshausen erwarten, wenn sie möglicherweise hier mit der geraubten Glocke verschwinden wollten. Die Hoffnung, die Glocke schon in der alten Kirche schützen zu wollen, hatten sie aufgegeben. Sie hatten einen Gesamtplan erstellt, wonach zwei Dutzend von kräftigen Männern aus Ayenwolde sich rund um das kleine Sandmeer in der Mondnacht verteilen sollten und auf keinen Fall den Glockenschlitten durchlassen durften. Die Vorbereitungen dazu waren abgeschlossen. Überall saßen am Rande die Männer in der kalten Frostnacht, aber sie hielten sich mit guter Kleidung und warmen Getränken, unter die natürlich auch guter Genever gemischt war, in Form. Einige Leute hatten auch dicke Knüppel in den Händen, aber Messer und Axte oder sogar Jagdflinten waren von Bürgermeister Jürgens streng verboten worden. Er wollte die Glocke im Dorf behalten, ja! Aber dabei kein Massaker veranstalten, verdammt noch mal! So hatte er energisch verkündet.

Enno Wiemken legte neben sich sein Jagdhorn bereit, dass er mitgenommen hatte und erinnerte noch einmal daran: „Also, wenn wir die Hatshausener mit ihrem Schlitten kommen sehen, dann lassen wir sie auf dem Hinweg ohne Glocke einfach durch. Aber aufpassen! Die Verbrecher dürften uns nicht vorzeitig bemerken. Erst wenn sie dann mit unserer Glocke, also eindeutig als Diebe, zurückkommen, dann werde ich laut in mein Horn blasen – Signal Attacke - und von allen Seiten werden unsere braven Ayenwoldmer sich auf die Feinde stürzen und die Glocke retten! So ist es abgemacht und alle wissen Bescheid! Und so muss es geschehen!"

Es dauerte auch gar nicht lange, da bewegte sich der kleine, ausgewählte und in weiße Betttücher gekleidete Stoßtrupp der Hatshausener mit ihrem Schlitten über das Sandmeer nach Hatshausen. Die Männer waren auf dem schneebedeckten Eis und Boden kaum zu erkennen. Alles ging gut. Die Ayenwoldmer Heimatfront verhielt sich ruhig und die Anordnungen von Enno Wiemken wurden beachtet. Die Angreifer, im Bewusstsein des günstigen Klimas in dieser ostfriesischen Winter- und Mondnacht und im festen Glauben, dass alles geheim geblieben war, lösten blitzschnell die Glocke in der Kirche aus ihrer Verankerung und luden sie auf den

Schlitten. Vorher hatte einer noch die sehr wichtige Idee, den Glockenschwängel mit einer dicken Lammfelldecke zu verhüllen, damit er nicht zur Unzeit in Bewegung geriet und weithin hörbare Töne verursachte. Dafür wurde er von seinen Kameraden leise, aber dankbar und mit vor Spannung glänzenden Augen, gelobt.

Als der Schlitten-Glocken-Konvoi auf seinem Rückweg etwa die Mitte des Sandmeeres erreicht hatte, blies Enno Wiemken kräftig in sein Jagdhorn. Von der Uferkante und von allen Seiten stürmten Ayenwoldmer Männer und Verteidiger auf den Schlitten zu. Sie veranstalteten einen – auch von Enno Wiemken und Bauer Siebend Bünting angeordneten – Höllenlärm durch Schreien, Pfeifen und Gebrüll in dieser ansonsten so friedlichen Vollmondnacht. Darunter mischten sich auch ein Konzert von Schlagen und Hämmern auf Töpfe und Pfannen, die offenbar von einer Reservearmee aus weiblichen Helferinnen hinter den Büschen am Ufer herrührte.

Das Hatshausener Schlitten-Glocken-Kommando geriet – auch genau nach den Vorausplanungen von Enno Wiemken – sofort in unkontrollierbare Panik. Einige versuchten, bevor die heranstürmenden Ayenwoldmer in Überzahl sie erreichten, noch den schweren Schlitten in Richtung rettendes Ufer von Hatshausen zu zerren.

Das misslang total: Der Schlitten mit der schweren Glocke geriet im Zwielicht des Vollmondes - vor dem sich ausgerechnet jetzt eine

Wolke versammelt hatte - in die Nähe eines Enten-Wasserloches und versank plötzlich und völlig unerwartet.

Im selben Augenblick bemerkten die Männer auch das dünnere, nachgebende Eis unter ihren Füßen und sprangen geistesgegenwärtig auf das festere Eis zurück. Der Schlitten und die schöne, große Glocke darauf aber versanken ganz langsam, unaufhaltsam, verlassen und ohne einen Mucks von sich zu geben – das Lammfell um den Glockenschwängel erfüllte wirksam seine ihm zugedachte Aufgabe – im gut vier bis fünf Meter tiefen Wasser des Sandmeeres, umgeben von durchaus schon dicken – aber zerbrochenen - Eisschollen, die das schwere Gewicht einer Glocke aber doch nicht tragen wollten.

In ihrer Fassungslosigkeit vereint standen nun mit einem Male die Hatshausener und Ayenwoldmer auf der festen Eiskante an dem Enten-Wasser-Loch des Sandmeeres. Sie schauten – schweigsam und wiederum vereint - entsetzt ihrer geliebten, begehrten und umstrittenen, nun aber versunkenen Glocke nach, von der nur noch einige Luftblasen nach oben schwammen. Die Enten waren längst geflohen. Und diesen Ausgang des Dorfkrieges hatte nicht einmal Enno Wiemken vorausgesehen.

Nach einigen Minuten im Vollmondschein auf dem noch festen Eisteil des Sandmeeres wich die totale Erstarrung, nein, der Schock, sowohl der Hatshausener als auch der Ayenwoldmer nur langsam von den eben noch kämpfenden Männer. Das wilde Kampfknäuel von winterlich bekleideten Menschen löste sich, fast behutsam, auf. Einige Krieger hielten sich sogar noch umarmt, beziehungsweise sie wollten sich gerade an die Gurgel greifen, als die Glocke aber versank und diese dann alle Aufmerksamkeit auf sich lenkte. Allmählich formte sich nun wieder eine ordentliche Frontlinie auf beiden Seiten von dem gebrochenen Eis: auf der nördlichen Seite die Armee der Hatshausener unter ihrem General Jürgens – und auf der südlichen Seite diejenige der Ayenwoldmer unter ihrem Oberbefehlshaber Enno Wiemken. Noch nie in der Weltgeschichte hatten sich wohl zwei feindliche Armeen so schnell, ohne große Verhandlungen, ohne Waffenstillstand, ohne Friedensvertrag auf die sofortige Beendigung jeglicher Kampfhandlungen, ja, auf die Aufgabe ihrer eben noch in den Köpfen schwirrenden Kriegsziele geeinigt – und auch das ohne dass überhaupt Worte darüber zwischen ihnen gewechselt worden waren. Es gab ja nichts mehr zu besprechen. Die große Glocke lag fünf Meter tief im Moorschlamm des Sandmeeres - unerreichbar.

Sowohl Jürgens auf der einen Seite als auch Wiemken auf der anderen entließen wiederum fast gleichzeitig mit resignierten Handzeichen ihre Soldaten, die sich wiederum in gegensätzliche Richtungen auf den schlurfenden Heimweg in ihre Heimatdörfer machten

– fast wie entlassene Kriegsgefangenen, die aber noch stark unter dem Trauma einer großen, verlorenen Schlacht standen. Seltsam, ja, ungewöhnlich war natürlich, dass diese Melancholie über beiden Armeen lag. Und keine konnte sich als Sieger fühlen.Trotzdem wollte sich auch keine von den beiden zu einer Niederlage bekennen.

***

In den folgenden Tagen waren die Beziehungen und Gespäche zwischen den Leuten in Hatshausen und Ayenwolde von einer seltsamen Einigkeit erfüllt. Das heißt, eigentlich war das nur eine Einheit im Trauern – im Nachtrauern über den Verlust der schönen, alten, großen Glocke, die jeder ja schätzte und hochhalten wollte und die nun unwiederbringlich mehrere Meter tief auf dem schlammigem Grunde eines Moorsees lag. Das hatte ja nun wirklich keiner so gewollt! Darüber waren sich ja alle völlig einig! Die arme Glocke, die schöne, ehrwürdige Glocke wurde von allen als das einzige und dazu noch unschuldige Opfer der nächtlichen Aktion auf dem Sandmeer bedauert und betrauert.

Aber sofort mischten sich auch gegenseitige Schuldzuweisungen darunter. Enno Wiemken wollte schon auf dem Eis Lammert Bengen an den Kragen – noch Sekunden vor dem Untergang der schönen Glocke: „Wor hebben ji uns Klocke laten!" Siebend Bünting schrie um sich: „Ji sünd woll de dümmsten Minschen in Oostfreesland!" Und Bürgermeister Jürgens jammerte: „Wi wullen doch blots de moije Klocke redden, dat se säker in uns Toorn in Hatshusen hangen un lüden sull…"

Gerd Eilts: „Ut dat Sandmeer kann keen Minsch de Klocke meer ruthollen."

Lammert: „Jo Skuld!"

Heye: „Ji hebben dat Iis kött maakt! Mien moije fast Iis… mien moije fast Iis!"

Hinrich Leemhuis: „Nu gifft das gor keen Klocken meer…"

Bürgermeister Jürgens: „Ji hebben Skuld an dat Malör!"

Mester Edzards: „Ik nich! Ik doch nicht…! Ich bin Pontius Pilatus…"

10.

Drei Wochen vor Weihnachten verschlechterte sich das trockene und frostige Winterwetter. Ein Tief von der Nordsee her jagte das andere; und sie alle brachten viel Sturm und Regen. Die Eiszeit war vorerst zu Ende, auch auf dem Sandmeer, wo sich die dicken Schollen allmählich wieder auflösten. Schließlich stritten sich die Bewohner beider Dörfer schon darum, an welcher Stelle in dem windgepeitschten Wasser denn nun eigentlich die Glocke versunken war. Man hatte vergessen, dort rechtzeitig einen langen Pfahl oder eine Boje zu setzen.

Frerich Edzards und Hilke Bünting hatten sich die ganze Zeit nicht mehr getroffen, obwohl sie sich manchmal sehen konnten, aber nie alleine und unbeobachtet. Sie versuchten aber beide nicht, sich direkt auszuweichen. Denn in beiden war noch der Wunsch vorhanden, miteinander zu sprechen, ja, irgendwie eine Aussprache zu erreichen. Frerich hoffte sogar, dass durch das endgültige Scheitern der Intrige mit der Glocke und deren Verlust unter dem Eis ein Neuanfang zwischen ihm und Hilke möglich sein müsste.

Eines Tages traf er Hilke vor seiner Schule alleine, als sie dort ihr kleines Patenkind abholen wollte. Drei Minuten konnten sie ungestört sprechen. Und Frerich nutzte die Zeit, um Hilke zu einem Treffen am nächsten Tag am Fehntjer Tief zu überreden. Er musste sogar nicht lange bitten, denn Hilke war schnell einverstanden.

***

Als sie sich am folgenden Nachmittag trafen, war das Wasser des Tief bereits in heftiger Bewegung, ja, es schlug Wellen, welche Frerich noch nie so hoch hier gesehen hatte. Und zur Zeit des Hochwassers am Nachmitag – denn von der Ems her lief ja bei Weststurm regelmäßig Nordseewasser tief ins südliche Ostfriesland hinein – war immer die Gefahr vorhanden, dass das Fehntjertief und seine Zuflüsse weit über ihre Ufer traten und Wiesen und Marschen überschwemmten. Hilke und Frerich bewegten sich mühsam gegen den Sturm aufeinander zu und trafen sich schon an dem etwas erhöhten Weg vor dem Ufer des Tiefs. Niemand war heute hier bei den Regenböen unterwegs. Frerich zog Hilke in den Schutz eines kleinen Gebüsches und küsste ihr nasses Gesicht und ihre

Haare. „Ich kann bald nicht mehr…", flüsterte Hilke. Der Mester meinte, es sei wahrlich ungewöhnlich, dass Anfang Dezember ein solcher Sturm übers Land zog. Das Wasser im Tief wäre sehr hoch und würde wohl noch steigen. „Wir können nicht lange hier bleiben, Frerich", antwortete Hilke. Ja, sagte Frerich, er werde heute Abend noch dem Bürgermeister Jürgens Bescheid sagen, dass das Tief schon wieder so voll Wasser sei.

„Ja…" sagte Hilke und blickte Frerich ernst an, „… dein Bürgermeister ist wohl sehr wichtig – aber wir müssen vorher und hier noch was besprechen. Wer weiß, wann wir uns wiedersehen."

Frerich: „Können wir nicht später… und in Ruhe… und mit Vernunft…"

Hilke, heftig: „Später… ist bald zu spät!"

Frerich: „Liebste Hilke, was ist…? Das Wetter geht auch wieder vorbei."

Hilke: „Wir haben uns schon vier Wochen nicht gesehen. Das ist sehr lange."

Frerich: „Seit dem Glockenklau nicht. Ich wollte das nicht…"

Hilke: „Und wie soll es jetzt mit uns weitergehen?"

Frerich: „Ich weiß nicht…"

Hilke: „Frerich, hast du mich noch lieb?"

Frerich: „Ja, doch… Hilke!"

Hilke: „Dann lass´ uns doch fortziehen, fort von unseren Dörfern. Wir beide alleine und zusammen."

Frerich hatte sich eingestellt auf ein vernünftiges, klärendes Gespräch mit Hilke und mit einem geduldigen Ausblick auf eine spätere, glückliche, gemeinsame Zukunft. Aber er hatte nicht mit einem solchen, direkten, sofortigem Entschluss gerechnet. „Weggehen? Wie das… so schnell…?" „Ja, irgendwo hin… vielleicht nach Emden oder Leer oder Aurich… vielleicht nur nach Neermoor… du kannst doch überall Lehrer sein. Und ich… ich kann dann bei dir bleiben." Hilkes Augen strahlten einen Moment lang. Aber Frerich erkannte das nicht – er antwortete: „Das kannst du doch auch hier bei mir in Hatshausen. Ich fühle mich doch sehr gut hier, ich meine, in meiner Schule in Hatshausen."

Hilke sackte im Arm von Frerich in sich zusammen: „Du willst also nicht… na gut… gut, dass ich das jetzt weiß."

„Hilke!, warte doch noch ein bisschen", Frerich suchte nach Argumente, „wenn die Sache mit der Glocke erst mal in Vergessenheit geraten ist, dann werde ich gleich zu deinem Vater gehen…" „Zu meinem Vater…?", Hilke überlegte nur kurz, dann schoss es aus ihrem Munde: „Die Antwort von meinem Vater kannst du schon jetzt von mir hören. Sie lautet NEIN!"

***

Im Heulen des sich verstärkenden Wintersturmes hatten Hilke und Frerich hinter ihrem Gebüsch die lauten Zurufe eines Trupps von Männern aus beiden Dörfern überhört, welche sich auch hierher in die Nähe des Tiefs begeben hatten, um die Gefahrenlage des Hochwassers zu überprüfen. Von verschiedenen Seiten waren Leute aus Hatshausen und Ayenwolde gekommen und näherten sich jetzt gemeinsam dem Tief. Heye und Lammert waren dabei und erblickten Enno Wiemken aus Ayenwolde. Dieser rief schon von weitem: „Gut, dass ihr auch kommt! Wir müssen was tun!" Lammert schrie zurück, der niedrige Schutzdeich am Tief könnte möglicherweise bald brechen. Sie kämpften sich gegen den Wind am Deich entlang und zogen sich dann schnell auf den Weg zurück. Sie hatten schon genug gesehen. Plötzlich stranden sie Hilke und dem Mester gegenüber.

Lammert: „Och nee… Mester Edzards… Ji ok hier…"

Enno: „Un du ok… Hilke…"

Frerich: „Wi willen na dat Water kieken."

Hilke: „Enno! Das Wasser geht schon viel zu hoch!"

Enno (beherrscht und mit Abstand): „So ist es… und wir haben heute noch viel zu tun, wenn wir nicht absaufen wollen. Die schlimme Weihnachtsflut von 1717 darf sich nicht wiederholen."

Hilke: „Was können wir denn tun, Enno… sag´ mir das!"

Enno: „Am besten, du, Hilke, läufst schnell nach Ayenwolde zurück und alarmierst deinen Vater und die anderen Bauern. Sie sollen sofort gleich hierher an das Tief kommen. Sie sollen Ackerwagen mitbringen, mit frischen, ausgeruhten Pferden und mit viel Stroh und Holzpfählen darauf… die liegen ja schon seit dem Sommer bereit… und auch gleich mit den Sandsäcken. Dein Vater weiß ja genau Bescheid!"

Hilke wendete sich sofort zum Gehen: „Ja, Enno!" Sie schaute sich nicht mehr um, als Frerich ihr nachrief: „Hilke, ein Wort noch…!" Enno Wiemken hatte sich schon weiteren Männern aus beiden Dörfern zugewendet und begann, sie schnell und sachlich für verschiedene Schutzmaßnahmen einzuteilen. Alle respektierten das ohne Widerspruch. Dann drehte er sich noch kurz zu Frerich Edzards um rief ihm zu:

„Un du, Mester… du löppst na Jo Börgmester Jürgens in Hatshusen henn… näm de Knechte Lammert un Heye mit… de bruuk ik hier nich… un de Hatshusener sallen ok glieks mit Peerd un Wogen hierher kamen!" „Jo, das hab´ ich auch schon gedacht…", murmelte Frerich, während Lammert ihn fast zärtlich anschob und sagte: „Kaam man, Mester… wie mutten nu lopen!"

11.

Erst nach drei langen und arbeitsreichen Tagen und Nächten war der Sturm und das Hochwasser vorbei. Und in dieser Bedrohung durch die stärkere Natur vergaßen alle Einwohner von Hatshausen und Ayenwolde ihren Glockenstreit und manch andere, kleinliche Neidereien, Rangkämpfe oder Eifersüchteleien. Alle packten gemeinsam nach gut überlegten Einsatzplänen von Großbauer Enno Wiemken aus Ayenwolde an. Sie befestigten und sicherten Notdeiche, bedrohte Häuser und gruben Abläufe für die überschwemmten Wiesen und Äcker. Als die hohen Flutwasserstände, hervorgerufen durch den starken Nordwest, nachließen und normale Tief-Ebbestände wieder eintraten, da war endlich das Schlimmste überstanden. Und was das Wichtigste war: kein einzige Todesfall durch Ertrinken war zu beklagen.

Allerdings hatte die gerade erst renovierte Kirche in Hatshausen durch Sturm, Hagelschlag und langen Regen schwere Schäden erlitten. Im Grund genommen war sie jetzt wieder gleichberechtigt mit der alten, nicht renovierten Kirche in Ayenwolde. Die Menschen dort hüteten sich aber klugerweise, solche Gedanken auszusprechen. Das hätte ihnen zu leicht als Schadenfreude ausgelegt werden können. Denn man wollte die gute, gemeinsame Stimmung in beiden Dörfern nicht gleich wieder aufs Spiel setzen. Auch die Glockenaffäre war nun überhaupt kein Thema mehr. Irgendwie hatte sich das wie von selber erledigt.

Wiederum zwei Wochen später, am vierten Advent, also dem letzten Sonntag gerade noch vor Heiligabend, versammelten sich alle Dörfler in der beschädigten, eben noch neuen Kirche von Hatshausen. In einem würdevollen Gottesdienst, den Pastor Hagius leitete, wurde Gott Dank gesagt für die Rettung aus Sturm und Wassernot – so wie es in Ostfriesland seit Jahrhunderten Brauch war. Die Nachricht, dass Dr. Olearius und sein Amtmann Wülbers sich ebenfalls angesagt hatten und in der ersten Reihe vor der Kanzel Platz nahmen, rief gleichzeitig Erstaunen aber auch Freude und eine noch unbestimmte Erwartung hervor. Bürgermeister Jürgens hatte ja auch schon für eine wichtige Dorfversammlung gleich nach der kirchlichen Feier aufgerufen.

Jürgens eröffnete die Versammlung, nachdem die beiden Herren aus Aurich ihre reservierten Plätze eingenommen hatten. Auch Großbauer Siebend Bünting mit seiner Frau und sein jüngerer Freund Enno Wiemken saßen schon in der ersten Reihe. Jürgens begrüßte zunächst die Gäste aus Aurich und dann alle Einwohner aus Hatshausen und die in gleicher Anzahl erschienenen Nachbarn aus Ayenwolde. Dann sprach er: „Die Sturmflut vor zwei Wochen war zum Glück nicht ganz so verheerend wie die Weihnachtsflut vor bald hundert Jahren. Aber sie hat uns hier im Fehntjerland dennoch hart getroffen und geschädigt. Wir alle haben an Haus und Hof und an unserer Kirche unser Packjes zu tragen und müssen nun wieder mit unserer Hände Arbeit und mit klugem Kopf die Schäden ausbessern. In diesem Zusammenhang will ich aber einen Nachbarn aus Ayenwolde besonders erwähnen und belobigen, der durch seine rasche und vernünftige Tatkraft das Schlimmste in unseren beiden Dörfer verhindert hat. Und das ist Marschbauer Enno Wiemken – dort sitzt er! Er hat als Erster die Gefahr am Fehntjertief erkannt und uns alarmiert.

Die Leute aus Ayenwolde klatschten sofort, aber auch einige Einwohner aus Hatshausen ließen Enno Wiemken sogar hochleben. Jürgens fuhr fort: „Enno hat uns nicht nur alarmiert, nein, er hat sofort viele Helfer an die bedrohten Sommerdeiche befohlen und gebracht. Er hat Tausend Sandsäcke füllen lassen und Wege mit Stroh und Holzbohlen auf unseren Weiden gesichert. So konnten wir noch rechtzeitig unser Vieh dort retten. Er war es auch, der in dieser Sturmnacht im Herbst vor Weihnachten immer den Überblick behalten hat und uns an die richtigen Stellen geführt hat, wo wir wirksam helfen konnten. Kurz und gut: Enno Wiemken ist unser Held vom Fehntjer Tief! Enno unser Freund und Beschützer aus Ayenwolde. Und ich, Bürgermeister von Hatshausen, ich habe Enno Wiemken für den preußischen Verdienstorden vorgeschlagen und werde den schriftlichen Antrag dafür dem hier anwesenden, verehrten Herrn Justizrat Dr. Olearius jetzt amtlich überreichen."

Unter dem Beifall aller drückte Jürgens Enno Wiemken die Hand und schritt dann zu Olearius, der sich schon erhoben hatte, und übergab dort den Antrag.

In einer der hinteren Reihen saß Mester Frerich Edzard. Einige Reihen schräg davor Hilke Bünting. Sie drehte sich nicht um, obwohl sie doch den Mester gesehen haben musste, als er – etwas verspätet – hereinkam und er Hilke von ferne erkannte und ihr zunickte. Sie reagierte darauf nicht. Als Enno Wiemken seine verdiente Ehrung durch Jürgens erhielt, klatschte Hilke sehr eifrig und sprang dabei, mit einigen anderen Ayenwoldmern, von ihrem Stuhl auf.

Bürgermeister Jürgens wandte sich nun in seiner Rede den Gästen aus Aurich zu. Er drückte seine Hoffnung aus, dass man in Aurich die Notwendigkeit erkennen würde, den von der Natur geschädigten Gemeinden im südlichen Ostfriesland zu helfen – und zwar mit „einem guten Sack voller preußischer Taler", wie er sich ausdrückte. Amtsrat Wülbers zog die Augenbrauen hoch – aber Justizrat Olearius lächelte und deutete ein kurzes Nicken an.

Olearius: „Ach, mein lieber Wülbers, sprecht Ihr doch mal wieder an meiner Stelle mit den Leuten hier. Ihr beherrscht ja auch ihre Sprache."

Wülbers: „Is goot, Doktor… Ik maak dat kort: Aber erst mal auf Hoch… und amtlich… es gibt viele Gemeinden und Dörfer, die heute Hilfe von uns erwarten, weil Wind und Wasser so große Schäden verursacht haben. Ji sünd dat nich allennig hier in Hatshusen un Ayenwolde, dat mutten Ji in Kopp behollen. Un ok de Karken hebben tja weer wat offkregen. Aber… ich muss mich ja nicht wiederholen… die kaputte Kirche in Ayenwolde ist ja schon abgehakt, man, lewe Lü, wat maken wi nu mit de neeje un doch nu van de Storm ok

86

kaputte Kark hier in Hatshusen? Tja, wat seggt dor de König in Berlin? He seggt... up berlinisch Hoch: `Wat kaputt is, det is nu äben kaputt! Da will ik mir denn ooch nich meer weiter drum kümmern.´ Up uns ostfreesk Platt heet dat: Beid Karken, de in Ayenwolde un de in Hatshusen mutten offräten worrn!"

Und wieder entstand unter seinen Zuhörern– und Wülbers war das ja von seinen früheren Reden hier schon gewohnt – eine gewaltige Welle der Unruhe und Empörung. Bürgermeister Jürgens schrie dazwischen: „Wülbers! Verdammi noch mol, un wor blieben denn nu de preußische Dalers?" „Dor will ik doch nett van proten, man, ji laten mi tja nich to Woord kaamen.", schrie Wülbers dagegen.

Es wurde etwas ruhiger im Saal und Wülbers konnte fortfahren: „Jawohl, ich und Dr. Olearius hochpersönlich auch, wir beide haben uns tiefe Gedanken über euch gemacht. Und wir haben eine Lösung für eure kaputten zwei Kirchen gefunden. Sie lautet: Ihr müsst unsere preußischen Taler in eine einzige, neue Kirche stecken, die ihr aus den Trümmern, den Steinen und vielleicht auch aus den noch vorhandenen Glocken der beiden alten, aufgegebenen Kirchen in Ayenwolde und in Hatshausen errichten könnt. Das ist solche friedliche, salomonische Lösung, wie sie schon im Alten Testament in unserer lutherischen Bibel vorgeschlagen wird."

Sofort erhoben sich wieder Ansprüche und Gegenstimmen, sowohl von Ayenwoldmer wie auch von Hatshusener Seite. Bis schließlich

Mester Edzards sich von hinten nach vorne drängte und um Ruhe bat. Das gelang ihm nur allmählich und mit Hilfe von Bürgermeister Jürgens. Und dann erst durfte Frerich Edzards sprechen:

„Jawohl, ich bin für diesen salomonischen Vorschlag von unserer Auricher Obrigkeit. Ich mache dazu nur noch einen kleinen Zusatzantrag, und der lautet: Die neue Kirche muss genau auf der Grenze zwischen unseren Dörfern Ayenwolde und Hatshausen erbaut werden, also auch etwa im Gebiet des Sandmeeres, wo ja jetzt schon die schöne, große Glocke aus Ayenwolde ruht, leider tief im Wasser. In dieser Gegend kann dann eine neue Kirche entstehen, die allen Menschen in beiden Dörfern zugehört – wie jetzt ja eigentlich auch schon die verschwundene, versunkene Glocke im tiefen Wasser. Das kann dann auch eine Kirche werden und bleiben, die uns allen hier Frieden und Glück bringen wird."

Die Leute aus beiden Dörfern schwiegen eine Weile erstaunt und überrascht. Dann ergriff Dr. Olearius noch einmal das Wort und sagte, er begrüße diese Unterstützung und Ergänzung seines Vorschlages durch den jungen Mester Edzards sehr, eine Hilfe, die ja von großer Vernunft und Weitblick geprägt sei. Er wolle heute aber noch kein endgültiges Einverständnis zu einer solchen gemeinsamen Kirche hier erzwingen, sondern bitte alle Einwohner, noch bis nach Weihnachten darüber nachzudenken. Heute müsse er aber noch mit Wülbers weiterreisen.

Bürgermeister Jürgens bedankte sich – fast erleichtert – über die Geduld und Nachsicht der Auricher Obrigkeit und wünschte eine gute Heimreise. Als Wülbers und Olearius abgefahren waren, beendete Jürgens auch die Versammlung – und alle Leute entfernten sich langsam unter etwas schwerfälligem Gemurmel, das aber weder allgemeine Begeisterung noch restlose Zustimmung auszudrücken schien.

***

Frerich Edzards gelang es, Hilke an der Tür zu treffen, als diese dort noch auf ihren Vater und Enno Wiemken wartete, die zusammen mit ihr in der Kutsche von Enno gekommen waren.

Frerich: „Hilke, noch ein Wort…"

Hilke: „Nur noch ein Wort, nach so vielen Wochen ohne Wörter?"

Frerich: „Können wir nicht noch einmal… ich meine… am Fehntjer Tief…?"

Hilke: „Das Fehntjer Tief gibt es nicht mehr – nur noch den Fehntjer Sumpf."

Frerich: „Ja… die böse Sturmflut…"

Hilke: „Schon vor der Sturmflut war das Fehntjer Tief nicht mehr so wie vorher."

Frerich: „Hilke…und nun?"

Hilke: „Alles hat seine Zeit, Frerich – das Leben und auch die Liebe."

Frerich: „Ja, Hilke, ich weiß… so steht es in der Bibel… aber können wir nicht noch einmal… ich meine… mit Vernunft und…der Liebe…"

Hilke sah zu ihrem Vater und Enno hinüber, die sich im angeregten Gespräch näherten. Sie wandte sich kurz zum Mester um und sagte:

„Adschüs, Mester…"

12.

Der festliche Einweihungsgottesdient der neuen Kirche wurde nicht nur von zahllosen Einwohnern aus Hatshausen und Ayenwolde besucht, sondern auch von vielen aus umliegenden Gemeinden bis nach Timmel, Ihlow und sogar Bagband. Pastor Hagius hatte sich auf eine lange und wahrlich nicht ganz einfache Versöhnungs-Predigt vorbereitet. Er stieg die kurze Treppe zur neuen Kanzel empor und stand dann dort oben eine Minute lang still und in sich gekehrt, während die Gemeinde ruhig und erwartungsvoll zu ihm aufblickte. Er stand fest mit beiden Beinen links und rechts einer weißen Kreidelinie, welche der Küster auf seinen Wunsch gestern noch gezogen hatte. Die Linie markierte – nach fester Überzeugung des Baumeisters und Architekten der neuen Kirche – genau die Grenze zwischen den zwei Nachbardörfern Hatshausen und Ayenwolde.

Der Pastor verlagerte während der langen, folgenden Predigt sein Körpergewicht mal von rechts nach links oder umgekehrt. Beide Hände und Arme ruhten sicher auf der ledergepolsterten Umrandung der Kanzel. Hagius sprach frei – eine Woche lang hatte er vorher die wichtigste Predigt seines Lebens auswendig gelernt, auch mit Unterstützung seiner Frau.

In der ersten Reihe vor der Kanzel saßen alle wichtigen Menschen, die an dem Aufbau dieser Kirche beteiligt gewesen waren – darunter Dr. Olearius und Wülbers aus Aurich, Bürgermeister Jürgens, die Besitzer der größten Plaatsen in beiden Dörfern, also auch Siebend Bünting mit Frau und Tochter sowie Enno Wiemken. Der reservierte Platz von Mester Edzards blieb dagegen leer. Er kam erst kurz vor Beginn in die überfüllte Kirche und ein höflicher Vater einer seiner Kinder rückte auf, so dass Frerich in der vorletzten Reihe Platz nehmen konnte. Nach dem Gemeindegesang unter Begleitung des Posaunenchores – eine Orgel war noch nicht eingebaut worden – begann Pastor Hagius:

„Liebe Gemende und liebe Ehrengäste! Nun ist mit Gottes Hilfe der große Tag da – unsere gemeinsame Kirche ist fertig. Ich will nicht mehr sprechen von dem Ärger und dem Streit, der am Anfang dieser schönen Kirche noch stand. Das soll nun alles vergessen und vergeben sein. Wir wollen jetzt allen Streit, Missgunst und auch Neid vergessen, den es einst gegeben haben mag. Wir wollen Gott danken, dass wir hier nun endlich eine gemeinsame Kirche haben, die uns allen gehört. Hier stehe ich nun und kann und will nicht anders: Ich werde eine doppelte Predigt halten für alle Brüder und Schwestern aus Ayenwolde und aus Hatshausen. Dazu werde ich hier oben, wie ihr vielleicht schon bemerkt habt, immer leicht von der einen Seite auf die andere und wieder zurück schwanken – und das bedeutet schlicht und einfach: diese, meine neue Kanzel steht, übrigens nach dem Vorschlag unseres verehrten Mesters Edzards, genau auf der alten, jetzt überflüssigen Grenze zwischen unseren beiden Dörfer. Wo ist der Mester überhaupt?"

Ganz hinten sprang der freundliche Vater neben Frerich Edzards auf und rief: „Hier sitzt der Mester! Bei mir!"

„Ach so, na... so weit hinten... also prima... Wie gesagt, diesen guten Vorschlag haben die Baumeister unserer neuen Kirche beachtet und die Kirche und meine Kanzel hier so gebaut, dass ich immer mit beiden Beinen sowohl in Ayenwolde als auch in Hatshausen stehen kann. So wie Jesus Chistus schon gesagt hat... lasset alle zu mir kommen, die ihr mühselig und beladen seid. Ich will euch erquicken! Ich weiß, dass meine Freunde und Gemeindemitglieder in Ayenwolde schwere Zeiten hinter sich haben. Ihre alte, kleine Kirche konnte nicht mehr gerettet werden, ihre schöne, große Glocke versank im Eiswasser des Sandmeeres, die Sturmflut beschädigte ihre Deiche und ließ einen Teil ihres Viehs ertrinken. Ich weiß aber auch, dass meine Freunde in Hatshausen schwere Zeiten hinter sich haben: die letzte Sturmflut hat auch ihre alte Kirche vernichtet. Vielleicht hat Gott damit ja auch ein Zeichen für uns alle gesetzt. Ein Zeichen und eine große Ermahnung zur endgültigen und dauerhaften Versöhnung! Und dafür steht gerade diese, neue Kirche mit dieser Doppelkanzel. Wir Menschen in Hatshausen und in Ayenwolde haben manch Freud und Leid miteinander erlebt. Lasset uns das niemals vergessen. Und danken wir Gott und unserem Heiland Jesus Christus, dass sie uns auf den rechten, den friedlichen Weg zurückgeführt haben. Das ging nicht nur mit der sogenannten, menschlichen Vernunft, welche uns heute manche Schreihälse von Frankreich aus über die Grenzen unseres Vaterlandes herüberrufen. Man kann nicht alles nur mit Vernunft aufbröseln! Darum sage ich euch: Geht nicht ab von der lutherischen Kirche! Verlasst euch nicht alleine auf die Vernunft des Menschen, die leicht irren kann! Was in Frankreich und zum Teil auch schon in Berlin vor sich geht, darf für uns in Ostfriesland kein Vorbild sein!

Amen!"

Bei den letzten, donnernden Worten schaute Hagius nur noch starr in die hinteren Ränge - dorthin, wo der freundliche Zwischenrufer und Mester Edzards hockten. Dieser bemerkte das allerdings nicht. Er schaute während der gesamten Predigt vor sich hin auf den Boden.

13.

Ein halbes Jahrhundert war inzwischen nicht nur im Fehntjerland, sondern in der gesamten Erdgeschichte vergangen. In Nordamerika hatten sich die freiheitsdurstigen Kolonisten von der britischen Oberherrschaft befreit und eine Demokratie von den „Vereinigten Staaten von Amerika" begründet. In Paris scheiterte eine ähnliche Entwicklung unter den Guillotinen einer Schreckensherrschaft von fanatischen Idealisten, die nach einer reinen, ideologischen Diktatur strebten. Ein selbsternannter Kaiser Napoleon hatte Europa dann anschließend von Spanien bis nach Moskau mit Kriegen überzogen und dabei auch Ostfriesland, Preußen und das Großherzogtum Oldenburg nicht verschont. Das südliche Ostfriesland konnte sich dabei zum Glück immer noch – wie schon 200 Jahre vorher im 30jährigen Krieg – wegducken hinter seinen Hochmooren und den wasserdurchzogenen und kleinen dörflichen Landstrichen. Das Leben ging hier noch weitgehend seinen durch Natur, Sprache, kirchlichen und heimatlichen Bräuchen seit Jahrhunderten vorbestimmten Gang. Mit Interesse, aber oft auch mit Abscheu wurde hier die Weltgeschichte betrachtet, soweit sie – oft mit wochenlanger Verspätung - von wenigen Zeitungen oder auch von Kirchenkanzeln und Ämtern herab dem Volke bruchstückhaft mitgeteilt wurde.

Hilke und Edzard haben sich in diesen fünfzig Jahren nur noch selten gesehen und nie gesprochen, obwohl sie ja weiterhin nur wenige

Meilen voneinander entfernt wohnten, lebten und beide ihr hohes Alter erreichten. Auch die gemeinsame Kirche mit der Doppelkanzel auf der Grenze zwischen Hatshausen und Ayenwolde änderte daran nichts. Der alte Pastor Hagius war längst verstorben und hatte ein ehrenvolles Grab mit großem Denkmal auf dem kleinen Dorffriedhof gefunden, wo die Besucher weit hinaus in das nordwestliche Fehntjerland blicken konnten. Dort luden mehrere Bänke zum besinnlichen Genießen von grandiosen, friesischen Sonnenuntergängen ein. Das hatte der Nachfolger von Hagius ermöglicht, der sich jetzt aber auch schon seiner Altersgrenze näherte.

Ein besondes eifriger Kirchgänger war der Mester Edzards ja auch noch nie gewesen. In unregelmäßigen Abständen ließ er sich aber am Sonntagvormittag in der Kirche sehen, denn er wollte seinen guten Ruf in den Doppelgemeinden nicht gefährden. Er blieb zeitlebens in Hatshausen alleine in seiner Lehrerwohnung, nun allerdings auch schon über siebzigjährig und kurz vor der von der Schulbehörde angeordneten Pensionierung. Diese hatte er selber nie angestrebt. Er lebte alleine und nur für seine Schüler und Schülerinnen und ihr Wissen und Wohlergehen. Das hatte ihm in all den Jahrzehnten Achtung, ja, auch Vertrauen und Zuneigung eingebracht – nicht nur von „meinen Kindern", wie er sie immer nannte – auch wenn diese sich im Laufe der Zeit auch schon dem fünfzigsten Geburtstag näherten - sondern auch von Eltern und allen Erwachsenen. Da er ja in wenigen Jahresabständen immer wieder „neue Kinder bekam, ohne eigenes Zutun" - wie er zufrieden und selbstironisch behauptete - blieb er auch in seinem Herzen jung und der Jugend zugewandt.

Hilke Bünting hatte – natürlich auch schon vor ziemlich genau fünfzig Jahren - den Großbauer Enno Wiemken geheiratet. Das war ja eigentlich logisch - und es war auch von allen Dorfbewohnern in Hatshausen und Ayenwolde erwartet worden. Sie hatte fünf Kindern das Leben geschenkt, die alle inzwischen aus dem Hause waren; und sie lebte nun zufrieden im würdigen Stande einer hochgeachteten, älteren, ostfriesischen Domina auf ihrem Alterssitz direkt neben der großen Plaats ihrer längst verstorbenen Eltern. Den Marschenhof hatte der älteste ihrer zwei Söhne geerbt und führte ihn erfolgreich weiter. Ihr Mann Enno Wiemken war seit fünf Jahren auch nicht mehr am Leben.

Eine besonders eifrige Kirchgängerin war Hilke ja auch nie gewesen und so hatten sich auch nie viele Gelegenheiten ergeben, um den Mester zu sehen. Ihn nochmal zu sprechen, das war ihr bald nicht mehr in den Sinn gekommen, nachdem sie in den ersten Jahren ihrer Ehe mit Enno rasch die ersten Drei ihrer Kinder – zuerst das Mädchen Heike und dann gleich zwei Jungen – bekommen hatte. In dieser Zeit war sie nur bei den anstehenden Taufen in der neuen Kirche gewesen. Und da hatte sich der Mester ja auch nicht hingetraut. Sein Erscheinen wäre wohl von der Dorfbevölkerung - zumindest von der älteren - mit hochgezogenen Augenbrauen beobachtet worden. Denn damals lag die Zeit des Kirchenneubaus und einiger Gerüchte drum herum ja noch nicht allzu weit zurück.

Doch in den Jahrzehnten danach war das alles geschwunden.

Auch zur pompösen Begräbnisfeier des Marschenbauers Enno Wiemken war Frerich vor fünf Jahren nicht gegangen.

Hilkes Tochter Heike, ihre Erstgeborene, war inzwischen auch schon fast fünfzig Jahre alt und selber Mutter von drei Kindern. Ihr Mann war Schmiedemeister in Hatshausen und sie selber vor vierzig Jahren Lieblingsschülerin von Mester Edzards gewesen, nicht nur – insgeheim – wegen seiner Erinnerungen an Mutter Hilke, sondern auch, weil Heike ein begabtes und liebenswertes Mädchen und Schülerin war. Seit ihrem vierzehnten Lebensjahr engagierte sie sich auch als Helferin im kirchlichen Kindergarten und später leitete sie den Jugendchor im Dorf – bis zur Gegenwart.

Als nun das fünfzigste Lehrerjubiläum von Mester Frerich in der Schule in Hatshausen anstand und gleichzeitig kurz darauf die Pensionierung endgültig und gegen seinen erklärten Willen eintreten sollte, da überlegten mehrere. wichtige Leute in beiden Dörfern, wie man den beliebten, alten Lehrer feiern und würdig verabschieden könnte.

***

Die knapp fünfzigjährige Heike war als Leiterin des Kirchenchores natürlich auch in die Vorbereitungen für das Abschiedsfest des Mesters Edzards einbezogen worden. Eigentlich war ihr das gar nicht so recht, weil ihr Mann und ihre Kinder darauf drängten, zu ihrem eigenen Fünfzigsten ein großes Fest zu veranstalten. Ihr Mann schwärmte schon von einem Dorffest auf dem großen Platz seiner florierenden Schmiede. Aber nun kam also noch das Jubiläum des Mesters dazu, den Heike ja seit Jugendjahren gut kannte und verehrte. Und so war Heike eben auch bei zahlreichen Chorproben und anderen Vorbereitungen eingagiert. Sie tat es gerne, aber es war auch anstrengend – wie sie auch mal klagte, bei einem nachmittäglichen Teetrinken mit ihrer alten Mutter in deren vornehmer „Upkamer".

„Mama, erzähl doch mal von der früheren Zeit…", so erweiterte Heike das Gespräch plötzlich, „… als du auch noch jung warst und noch keine Kinder hattest. Hast du unsern Mester Edzards nicht auch schon gekannt, der in dieser Zeit hier doch als Mester angefangen hatte? Er ist doch ungefähr so alt wie du." Hilke stockte einen Moment lang der Atem. War das etwa eine Fangfrage? Aber doch nicht von ihrer lieben, ältesten Tochter! Oder hatte irgendein uralter und möglicherweise neidischer Mensch aus Hatshausen mit ihr geredet? Aber nein, das hätte Heike ihr sofort berichtet. Also richtete sie sich beherrscht und streng in ihrem Lehnsessel auf und sagte: „Klar, habe ich den jungen Mester gekannt. Ich habe sogar mal mit ihm auf einem Fest getanzt. Aber dann war dein lieber Vater eben doch eine bessere Partie für mich."

Heike lachte fröhlich über diese Ehrlichkeit ihrer Mutter und antwortete, dass sie und ihre vier Geschwister sehr dankbar darüber sein könnten. Ihr Papa sei doch ein großartiger Vater gewesen. Aber wie wäre es denn, wenn sie, Heike, den Mester Edzards und Hilke, also ihre Mutter, noch einmal zusammen zu einem Treffen und Teetrinken einladen würde? „Ich würde dabei gerne Mäuschen spielen, euch mit Tee und Kuchen bedienen und euch belauschen, wie ihr heute über die alten Zeiten sprecht. Darüber könnte ich dann doch einen netten Artikel in der geplanten Festschrift zu Herrn Edzards fünfzigstem Lehrer-Jubiläum schreiben. Das wäre doch sehr, sehr nett – und ich könnte das dann auch mit meiner eigenen Schülererfahrung mit Mester Edzards vergleichen. Das würde dann die Titelgeschichte in unserer Festschrift sein. Ich habe diesen Plan schon mit unserem neuen Bürgermeister besprochen. Er ist davon begeistert. Bitte, Mama, lade Mester Edzards doch noch mal hierher zu dir ein. Ich bereite alles vor und kümmere mich um alles. Bitte, bitte...!"

Jetzt verschlug es Hilke Wiemken, geborene Bünting, den Atem. Sie holte tief Luft, schaute in die lieben, treuen Augen ihrer Tochter und sagte leise: „Naja, meinetwegen,... aber nur, wenn du das gerne willst... und du ihm auch die Einladung überbringst... meine liebe Heike... ich bezweifle ja, dass er überhaupt kommen will." „Selbstverständlich, liebe Mama, es soll dir alles keine Umstände machen.", versprach die Tochter.

Heike besuchte ihren alten Mester Edzards schon am nächsten

Tag. Diese einmalige Gelegenheit wollte sie sich nicht entgehen lassen. Sie wurde von Edzards in seinem alten, mit Büchern vollgepfropften Studierzimmer empfangen. Er war damit beschäftigt, seine Bücher und Schriften für seinen Umzug in den Ruhestand zu ordnen. Er wollte zu seinem jüngeren Bruder nach Neermoor und dessen Familie ziehen und so das Lehrerhaus in Hatshusen nach fünfzig Jahren räumen.

„Na, liebe Heike, welche Freude, dich noch einmal zu treffen, bevor ich meine Schule hier endgültig verlasse oder besser gesagt: verlassen muss." Er saß an seinem mit Büchern und Schriften übersäten Schreibtisch, erhob sich höflich und nahm gerührt den großen Sommerblumenstrauß seiner früheren Lieblingsschülerin entgegen. Diese merkte gleich, dass er nicht recht wusste, was er mit dem Strauß jetzt machen sollte – also nahm sie ihn diesen wieder ab, und ordnete ihn in einer großen, leeren Vase. Jetzt hatte der alte Lehrer eine Idee, er rief: „Ich hole gleich frisches Wasser!", und eilte hinaus.

Als nach einer kleinen Weile die Blumen-Vasen-Wasser-Frage geklärt war, machte es sich Frerich Edzards in seinem Arbeitsstuhl wieder bequem und Heike nahm Platz auf einem winzigen Cannapé. Der Mester setzte seine seriöse und freundliche Miene auf und sagte: „Liebe Heike, ich vermute mal sehr stark, dass du zu mir geschickt wurdest von Leuten aus der Gemeinde oder sogar unserem Herrn Bürgermeister." Heike dachte, dieser Mester hat doch wieder den richtigen Riecher – da müsste sie nicht lange drum herum reden. Und sie schilderte ihm umständlich, ohne aber schon genaue Einzelheiten preiszugeben, die Vorbereitungen im „Komitee Mester-Jubiläum-und-Ruhestand". Erst ganz am Schluss rückte sie mit ihrem Plan heraus, dass ihre ebenfalls über 70 Jahre alte Mutter mit ihm, dem über 70 Jahre alten Mester, ein mehr oder weniger langes, interessantes Gespräch führen könnten, wobei sie beide ja doch wunderbare Erinnerungen austauschen würden. Diese möchte sie dann – Heike, die ehemalige Schülerin – aufschreiben und in einem Jubiläumsartikel der Öffentlichkeit und ja, der ganzen Nachwelt, zugänglich machen. Sie freue sich schon darauf! Ihre eigene, alte Mutter und ihr jung gebliebener Lieblingslehrer mit ihren gemeinsamen, über 50 Jahre alten Erinnerungen! Was für eine schöne Geschichte!

Mester Edzards hielt den Atem an. „Du meinst also, Heike… deine Mutter und ich… wir beide… alleine…". „Nein, Mester, ich würde gerne dabei sein und alles aufschreiben!", platzte Heike in großer Begeisterung heraus.

„Na gut…, warum das nicht!" Mester Frerich Edzards biss sich leicht auf die Unterlippe und fragte, wann diese Alterskonferenz und wo denn nun stattfinden sollte? Heike schlug nächsten Sonntag im Witwensitz von ihrer Mutter neben der Plaats Bünting vor – und Edzards war nach kurzem Zögern einverstanden und sagte sein Kommen zu.

Der Besuch der früheren Schülerin Heike - nun auch selber längst Mutter - bei ihrem alten Lehrer setzte sich noch eine Weile harmonisch fort bei wechselseitigen freundlichen und belächelten Erinnerungen an die gemeinsame alte Schulzeit, natürlich aus verschiedenen Perspektiven. Diese flossen aber jetzt gerade auf wundersame Weise zusammen und riefen immer wieder Schmunzeln und Lachen auf beiden Seiten hervor.

Als Heike sich nach einer Stunde verabschiedet hatte, saß Frerich Edzards noch lange Zeit vor der prächtigen Vase mit Heikes Blumen und dachte nach. Dann holte er aus seinem Bücherschrank alte Tagebücher hervor, die er sofort mit einem Griff an markanter Stelle fand. Drei Stunden lang las er darin und ließ alle anderen Arbeiten liegen – und vergaß Essen und Trinken.

14.

Am nächsten Sonntag wurde Mester Edzards von seiner Schülerin Heike in die schöne Upkamer von Hilke geführt. Heike hatte ihn an der wertvollen, friesisch verzierten Haustür empfangen und plauderte beim Gang durch den langen Flur eifrig über das Haus, die große Plaats daneben und ihre angenehme Kindheit darin, auch bei den damals noch lebenden Großeltern.

Beim Eintreten von Frerich hatte Hilke sich schon aus ihrem Sessel erhoben und stand aufrecht und stolz - wie eine Bauernkönigin, dachte der Mester. Die beiden Alten gaben sich förmlich die Hand und schauten sich unverwandt in die Augen. Die alte Bäuerin trug das leicht modernisierte, friesische Frauengewand, allerdings ohne die altmodische, weiße Kappe. Der Mester hatte seinen alten, schwarzen Cut mit weißem Stehkragen und blauer Fliege angelegt.

Zur Überraschung von Tochter Heike sprach ihre Mutter den Mester gleich mit Du an: „Da bist du ja, Mester… das wurde aber auch mal Zeit!" Frerich schien gar nicht verwundert: „Jaja, wir sollten unserer lieben Heike dafür danken, dass sie mich hierher, zu dir, Hilke, geführt hat." Nun, meinte da die Angesprochene, Heike sei schlau, sie profitiere ja auch davon, „…wenn sie in der Jubiläumsschrift für dich was darüber schreiben kann. Davon redet sie ja schon dauernd. Und Heike ist ja auch in dem Komitee. Eine Ehre für sie." Frerich Edzards bestätigte alles eifrig, aber ein bisschen zu aufgeregt.

Heike wies dem Mester einen Platz neben ihrer Mutter auf dem Sofa zu und wandte sich dann gleich wieder zum Gehen. Sie wolle nur schnell in der Küche überprüfen, ob Tee und Kuchen und alles gut vorbereitet wären. Inzwischen könnten Mama und Mester, die sich ja erfreulicherweise immer noch gut kennen würden, eine Weile plaudern und nach einer langen Zeit der gegenseitigen Abwesenheit sich wieder aneinander gewöhnen. Sie bitte aber darum, das Wichtigste aufzusparen, bis sie, Heike, dabei zuhören dürfte!

Hilke Bünting, verheiratete Wiemken, ergriff sofort das Wort, nachdem ihre Tochter den Raum verlassen hatte: „Ich weiß ja noch genau, wie du damals in unser Dorf kamst. Wir waren noch beide um die Zwanzig und du kamst als unser neuer, junger Mester. Mein Vater hatte in der Dorfversammlung für dich gestimmt. Und ich fand es zuerst schade, dass ich schon zu alt war, um deine Schülerin zu sein." Ach, meinte Frerich, das wüsste sie noch? Aber später habe ihr Vater ja wohl seine Meinung geändert. Hilke schaute gerade aus, sagte nur kurz „Ja…" und schwieg. Der Mester schaute auf den Boden und schien ihre Gedanken zu erahnen. Dann sagte er: „Die Zeiten veränderten sich schnell und plötzlich saßest du als reiche Bauernfrau auf dieser großen Plaats hier in Ayenwolde und ich…" Hilke unterbrach ihn rasch, beinahe hastig mit dem Hinweis, bis heute sitzte sie ja immer noch hier, allerdings als Wittfrau, mit fünf Kindern und zwölf Enkelkindern. Das wäre in ihren Augen ihr grösster Reichtum in ihrem Leben.

Frerich: „Es ist dir also insgesamt doch gar nicht schlecht ergangen im Leben, stimmt´s, Frau Wiemken, geborene Bünting?"

Hilke: „Du solltest dir deine Ironie lieber sparen… Was soll ich dir darauf nun wohl antworten, Mester Frerich Edzards!"

Frerich: „Die Wahrheit, Hilke, nur die Wahrheit!"

Hilke: „Die Wahrheit ist nicht so einfach, Frerich… Das weißt du doch auch ganz genau. Und du hast auch kräftig daran gerüttelt, damals… Entschuldigung, ich bitte dich, lass uns nicht so streiten, wenn Heike kommt."

Frerich: „Jaja, wir wollen ja nur vernünftig reden… das erwartet doch auch deine Tochter… nicht wahr… meine liebe Hilke?"

Hilke: „Vernünftig…? Und dann… soso… bin ich noch deine liebe Hilke?"

Frerich: „Warum denn nicht? ich denke jeden Tag an dich… mit Vernunft."

Hilke: „Ach, das lügst du. Ich kenne deine Vernunft."

Sie schwiegen sich wieder an. Sie hatten beide die Tür im Auge und hofften, dass Heike bald wieder eintreten würde. Aber schließlich fragte Frerich: „Sag´ mal, Hilke, wo warst du eigentlich in dieser jammervollen Nacht beim Glockenklau auf dem Sandmeer – von dir war doch da nichts zu sehen."

Hilke: „Ich saß zu Hause auf meinem Zimmer und habe geweint."

Frerich: „Na, na, na…"

Hilke: „Ich habe geweint, weil ich Angst hatte, dass du und Enno… dass ihr beide in der Mondnacht auf dem Eis euch gegenseitig totschlagen würdet."

Frerich: „Hast du um Enno und mich geweint oder nur um einen von uns?"

Hilke: „Das weiß ich nicht mehr so genau… ich hab ´s vergessen. Aber du warst ja auch gar nicht auf dem Sandmeer in dieser Nacht. Also hätte ich ja gar nicht weinen müssen… warum warst du denn nicht auch bei den Hatshausener Glockendieben dabei?"

Frerich: „Ich war doch heftig dagegen. Ich hab´ mich geweigert mit-
zugehen! Ich wollte doch mit Vernunft über eure Glocke verhandeln!
Aber niemand hat auf mich gehört."

Da lachte die alte Bäuerin Hilke laut über den Mester und seine
Vernunft. Darüber hätten sich die Leute doch damals schon lustig
gemacht. Und dann wurde sie traurig und schimpfte, Frerich habe
mit der Vernunft auch nicht verhindert, dass die Kirche von Ayenwolde abgerissen wurde und dass die schöne Glocke dann doch
im Sandmeer versunken wäre. „Und du hast auch nicht mit deiner
Vernunft verhindert, dass wir beide… du weißt schon…", sie brach
mit einem Schluchzen ab. Frerich: „Nein, meine liebe Hilke… ich
konnte doch nicht."

„Sag´ doch mal ehrlich: du wolltest auch gar nicht! Und bei der
Sturmflut zwei Wochen später hast du auch versagt." „Ja, Hilke…
ich habe versagt… es war alles zu viel auf einmal für mich… ich
konnte mich nicht entscheiden…"

Plötzlich klopfte es leise an der Tür und Heike trat endlich wieder
ein: „Ich habe eine Überraschung: Mein Kinderchor ist gekommen und möchte gerne für meine Mutter und für den Herrn Mester
Edzards ein schönes Sommerlied vorsingen. Dürfen sie das? Es
dauert auch gar nicht lange." Sie öffnete weit die Tür, vor der sich
der Chor mit einem Dutzend Jungen und Mädchen aufgestellt hat-

te, aufgeregt kichernd – und sie sorgte für Ruhe und dirigierte das schöne Sommerlied von Paul Gerhardt, das im dreistimmigen Kanon gesungen wurde:

Geh aus, mein Herz, und suche Freud

In dieser lieben Sommerzeit

An deines Gottes Gaben:

Schau an der schönen Gärten Zier,

Und siehe, wie sie mir und dir

Sich ausgeschmücket haben.

Die Bäume stehen voller Laub,

Das Erdreich decket seinen Staub

Mit einem grünen Kleide:

Narzissus und die Tulipan,

Die ziehen sich viel schöner an

Als Salomonis Seide.

Das wunderbare Lied verklang – aber Tochter Heike dirigierte weiter. Und da scholl der laute Sprechchor der munteren Kinder durch das ganze Haus:

„WIR GRATULIEREN MESTER EDZARDS

ZU SEINEM JUBILÄUM"

(und):

„WIR DANKEN OMA HILKE FÜR DEN KUCHEN"

Die beiden Alten waren gerührt und begeistert. Sie mischten sich unter die Kinder, plauderten mit ihnen und bedankten sich herzlich für dieses Sonderkonzert. Der Mester rief: „Woher wisst ihr denn von meinem Jubiläum?" Und wieder scholl es im Chor zurück: „VON OMA HILKE!" Schließlich wies Oma Hilke auf weitere Kuchen-und Saft-Vorräte in der Küche hin und Tochter Heike führte die kleine Bande dorthin zurück.

Hilke und Frerich nahmen, inzwischen auch mit Tee und Kuchen versorgt, wieder alleine in der Upkamer Platz.

Hilke: „Na, Mester Frerich Edzards, was sagst du nun?"

Frerich: „Das hab´ ich nicht erwartet. Ich bedanke mich auch sehr bei dir, meine liebe Hilke!"

Hilke: „Höre auf mit deinem Bedanken! Du musst auch mal einsehen, dass du damals, vor fünfzig Jahren, viele Fehler gemacht hast."

Frerich: „Fehler…? Wie meinst du das?"

Hilke: „Du weißt genau, was ich meine…"

Frerich: „Nein, du hast mich doch verlassen… und nicht ich dich!"

Hilke: „Hast du Zeit, mir zuzuhören und mich nicht zu unterbrechen?"

Frerich: „Natürlich…nach fünfzig Jahren hat man viel Zeit… und Geduld."

Und Hilke sprach ohne Pause. Sie begann mit kurzer Erinnerung an die Treffen am Fehntjer Tief. Sie erwähnte das Dozieren von Frerich über „Vernunft" und die französische Revolution, auch über die Philosophie von Immanuel Kant, dem Deutschen aus Königsberg. Sie erinnerte an die theologischen Streitigkeiten zwischen ihm und Pastor Hagius und Frerichs Kritik an den Preußen. Sie gab aber auch zu, dass sie von manchen Gedanken des jungen Mesters fasziniert gewesen war… Freiheit, Gleichheit und Brüderlichkeit für alle Menschen… Sie habe auch später das Drama „Wilhelm Tell" von Schiller durchgelesen – ein harter Brocken – welches Heike ihr mitgebracht habe, als diese Schülerin von Mester Edzards geworden war. Sie hätte auch gerne mit ihm, Frerich, darüber gesprochen – aber das ging dann ja nicht mehr. Er, der Mester Edzards, galt im Dorf ja schon als „Freimaurer", aber immerhin tüchtig und gut für die Kinder in unserer Schule. Und dafür wollte sie als zweitreichste

Bäuerin im Dorf nicht ihren Ruf riskieren und auch nicht Enno und ihre Kinder bloßstellen. Das wäre alles sehr schwierig für sie gewesen. Aber der erste große Bruch zwischen ihr und Frerich sei natürlich schon sehr früh bei der dummen Glocken-Episode geschehen. Sie musste dabei ob sie wollte oder nicht, natürlich auf der Seite der Ayenwoldmer stehen und gegen die Hatshausener, also auch gegen den Mester. Außerdem wurde es ja auch immer schwieriger zwischen ihr und Frerich… die Leute redeten ja schon in beiden Dörfern darüber – und ihr Vater hatte sie auch schon verwarnt und an Enno Wiemken erinnert. Und Enno habe sich in der berühmten Sturmnacht vor fünfzig dann auch vorbildlich und geduldig erwiesen. Sie habe schnell gespürt, dass Frerich eisern auf der Hatshausener Seite stand und dass sie als Ayenwoldnerin gar keine andere Wahl hatte, die Gegenseite einzunehmen. Heute sei sie froh, dass die Glocke ewig auf dem Grunde des Sandmeeres ruhte und nicht mehr mit ihrem schönen Klang an die schwerste Entscheidung ihres Lebens mahnte.

Jetzt unterbrach Frerich seine alte Liebe doch: „Du hast aber dann noch eine weitere Entscheidung getroffen: Für Enno!"

Da lachte Hilke frei heraus: „Du hast doch wohl nicht vergessen, dass ich vorher schon eine Entscheidung für dich getroffen hatte, die du aber abgelehnt hast! Ich wäre zusammen mit dir sogar fortgegangen – wech van Tohuuse! Aber du wolltest das nicht! Und danach konnte ich nicht mehr die Meinung meiner Eltern und aller meiner Freunde und Bekannten um mich herum ignorieren und Ennos geduldiges Werben um mich ablehnen." „Wieso und wann habe ich dich denn jemals abgelehnt, meine liebe Hilke?", flüsterte Frerich. „Auch das hast du anscheinend vergessen oder verdrängt?", Hilke schluchzte, „...denk mal an unser letztes Gespräch am Fehntjer Tief und... auch schon vorher...!"

„Hast du Enno denn auch lieb gehabt?", fragte der alte Mester und bereute gleich diese Frage... „Tut mir leid, das musst du mir nicht beantworten."

Hilke antwortete ohne Zögern: „Enno war ein guter Kerl, ein tüchtiger Bauer und Ehemann. Enno hat viel für Ayenwolde und für unseren Hof getan – und wir hatten fünf Kinder."

Frerich: „Ja, fünf Kinder... mit Enno... ich weiß... du bist ein glücklicher Mensch und eine zufriedene Mutter und Frau."

Hilke: „Nun..., eigentlich waren es ja nur vier..."

Frerich: „Nur vier...?"

Die Tür öffnete sich wieder und im Flur war große Unruhe. Die Kinder wuselten herum und Heike bemühte sich, sie noch einmal zu ordnen und aufzustellen. Sie verteilte große, einzelne Sonnenblumen an jedes Kind. Ein Junge rief: „Ich gehe aber als Erster zu Oma Hilke!" Frerich und Hilke erhoben sich überrascht und erstaunt und warteten.

Hilke: „Jetzt kriegst du noch was zu deinem Jubiläum als Mester."

Frerich: „Das kann doch nicht wahr sein! Hier? Hast du das organisiert, liebe Hilke?"

Hilke: „Nein, nicht ich... das war Heike."

Frerich: „Ach... Heike... meine liebste Schülerin... und deine wunderbare älteste Tochter!"

Hilke: „Heike ist auch deine Tochter, Frerich!"

Und da wurde die Tür auch schon aufgestoßen und Heike trat fröhlich herein. Sie rief: „Mama und Mester! Kommt bitte noch mal heraus. Hier auf der Tenne haben wir mehr Platz. Meine Kinder wollen noch einen schönen Sonnenblumen-Tanz für euch aufführen! Bitte, kommt! Aber dann müsst ihr mir noch was für die Festschrift erzählen! Nicht vergessen!"

Hilke und Frerich standen wie erstarrt nebeneinander. Sie traten aus der Tür in die Tenne, sahen sich dann an, lächelten und faßten sich an ihren Händen. So blieben sie stehen und hörten und genossen mit gemeinsamer, tiefer Freude den Sonnentanz der Kinder.

Am Schluss wollten die Kinder sofort nach vorne stürmen und ihre üppigen Sonnenblumen überreichen. Heike stoppte sie: „Moment! Erst komme ich dran!" Sie erkannte, wie Mama und Mester sich Hand in Hand ruhig in die Augen schauten – und sich offensichtlich sehr freuten. Sie stutzte nur kurz, dann trat sie näher heran, legte ihre Arme um beide und küsste sie nacheinander auf jeweils eine Wange. Erst bei Hilke – dann bei Frerich, nur beim Mester etwas schüchtern, wie es sich von einer schon älter gewordenen Schülerin gehört.

Darauf drehte Heike sich zu ihrem Kinderchor um und rief energisch: „So… jetzt seid ihr dran! Aber aufpassen! Die Blumen nicht zerbrechen!"

Ende

Plattdüütsch Freelücht-Stück

"Van Karken, Klocken un de Leevde"

<u>Premiere:</u>

15. Aug. 2003

in Hatshausen/Ayenwolde

durch den:

<u>Bürgerverein Hatshausen-Ayenwolde</u>

nach der Sage

um den „Glockendiebstahl von Ayenwolde"

Autor: Erhard Brüchert

Regie: Elke Münch

Intendanz: Marina Bohlen

Kurz-Inhalt des Theaterstücks (mit Rahmenhandlung):

In der Rahmenhandlung feiert der ca. siebzigjährige Lehrer Frerich Edzards sein fünfzigjähriges Dienstjubiläum an der Dorfschule von Hatshausen. (Die Gestalt eines Lehrers mit Namen „Frerich Edzards", gebürtig aus Petkum, ist historisch. Er starb 1795, nachdem er 52 Jahre lang Lehrer in Hatshausen gewesen war.) Die ebenfalls siebzigjährige Alt-Bäuerin Hilke Bünting, verheiratete Wiemken, erscheint plötzlich in Frerichs Gedankenwelt und lenkt die Blicke der beiden alten Menschen fünfzig Jahre zurück:

Das eigentliche Stück entfaltet sich nun im Rückblick in fünf Akten: Hilke und Frerich, beide jung und verliebt, werden mit einer feindlichen Dorfumwelt konfrontiert, an der ihre Liebe schließlich zerbricht. Was als „Romeo-und-Julia-auf-dem-Dorfe" beginnt – der Junglehrer Frerich aus Hatshausen und die reiche Bauerntochter Hilke aus dem konkurrierenden Dorf Ayenwolde lieben sich in hoffnungsloser Weise - endet in gegenseitigen Vorwürfen und Verwicklungen in dörflichen Intrigen.

Der Streit und Neid zwischen den beiden Dörfern um den Aufbau und die Renovierung der jeweiligen Kirche zwingt die beiden Liebenden zur Parteinahme und zur Entscheidung für ihre Liebe oder für ihre Dorfgemeinschaft. Als auch noch zwei Glocken aus Ayenwolde in einer winterlichen Aktion unter dem Eis des Sandmeeres versinken, da ist die Entfremdung zwischen Hilke und Frerich nicht mehr zu überbrücken.

Hilke wendet sich dem erfolgreichen und durchaus sympathischen Bauern Enno Wiemken aus Ayenwolde zu, mit dem sie dann eine lebenslange Ehe mit fünf Kindern führt.

Am Schluss gesteht die (alte) Hilke allerdings im „Rahmen" der gesamten Spielhandlung dem überraschten (alten) Lehrer Frerich Edzards, dass er der wirkliche Vater der ersten Tochter von Hilke ist. Die nun auch schon fast fünfzigjährige, gemeinsame Tochter Heike führt dann im Schluss-Rahmen die Dorfgemeinschaft aus Hatshausen und Ayenwolde an, welche dem alten, zutiefst gerührten Lehrer einen Fackelzug darbringt.

Erhard Brüchert

wurde 1941 in Pommern geboren und ist in Norden / Ostfriesland aufgewachsen. Berufs- und Familienleben (2 Kinder, 3 Enkelkinder) verbrachte er in Oldenburg und im Ammerland. Bis 2004 war er Ober-studienrat für Deutsch und Geschichte am Gymnasium Eversten in Oldenburg. Sein Platt ist ostfriesisch-oldenburgisch. Seit den Achtziger Jahren publiziert er. Er schrieb zunächst auf Hoch regionalge-schichtliche Artikel für ostfriesische und oldenburgische Zeitungen. Dann kamen immer mehr hoch- und niederdeutsche Erzählungen, Romane, Novel-len, Hörspiele und Theaterstücke dazu. Er erhielt mehrere Literatur-preise.

Nach seiner Pensionierung haben ihn besonders seine zahlreichen, beliebten Historien-Freilicht-Stücke von Marienhafe (Störtebeker-Fest-spiele) über Oldersum und Ayenwolde-Hatshausen (Arbeitsgemein-schaft Ostfriesischer Volkstheater) bis nach Lingen (Emsland-Auswan-derung) bekannt gemacht. Außerdem schreibt er für das „Ostfriesland Magazin", die „Nordwest-Zeitung" und das niederdeutsche Vierteljahrs-periodikum „Quickborn". Er war von 2006 bis 2013 „Baas" des Spie-kers – und er wurde 2013 zum Ehrenbaas ernannt.

2021 publizierte er als Resümee seiner Zweisprachigkeit von Hoch und Platt den Essay-Sammelband: „Ort, Sprache, Heimat" im Isensee-Verlag, Oldenburg. Im Sommer 1922 erfolgte die Uraufführung seines zweisprachigen Freilichtsstückes „Heimat" in Hatshausen-Ayenwolde über die ostfriesische Nachkriegsgeschichte.

In der „edition lichtblick, oldenburg" erschienen bisher :

Theaternovellen I: „Windlopers", 2020, 264 S.
Theaternovellen II: „Arp Schnitger", 2021, 220 S.

© edition lichtblick, oldenburg 2022

Herstellung und Verlag: BoD – Books on Demand, Norderstedt

Titelbild: Matthias Süßen/Wikipedia
Bild S. 67 Michael Schildmann/edition lichtblick
Bild S. 117: Archiv des Autors
Satz und Layout: Michael Schildmann/edition lichtblick

Die Deutsche Nationalbibliothek verzeichnet diese Publikation in der Deutschen Nationalbibliografie; detaillierte bibliografische Daten sind im Internet über dnb.d-nb.de abrufbar.

ISBN 9783756828593